KB076044

이완의 자세

이완의 자세

김유담 소설

차례

1

나는 종종 공중목욕탕에서 우는 여자들을 본다. 유난히 세수를 오래 하는 여자들, 그들은 하얀 김이 서린 흐릿한 거울 앞에 웅크리고 앉아 물을 세게 틀어놓은 채 고개를 떨구고 있다. 혼자만의 욕실에서 문을 걸어 잠그고 거울 앞에 서 은은한 조명을 받으며 흘리는 눈물보다 여탕 목욕의자에 엉덩이를 붙이고 흐느끼다가 샤워기에 씻어내 버리는 눈물이 나는 조금 더 진정성이 있다고 생각한다. 울음조차 빠르고 손쉽게 처리하는 여자들을 뒷모습만 보고도 알아챌 수 있는 것은 그들이 나, 그리고 우리 엄마와 닮았기 때문이다.

아주 드문 일이긴 하지만, 목욕탕에서 큰 소리로 우는 여자도 있다. 만수가 일본에서 돌아왔을 때 만수 엄마는 여탕에서 목욕을 하다 말고 엉엉 서럽게 울었다. 벌거벗은 여자들이 몰려와 그녀의 등을 쓰다듬으며 위로했다. 만수 엄마는 뭐든지 대놓고 티를 내는 사람이다. 대놓고 미워하고, 대놓고 편애하고, 대놓고 무시하고, 대놓고 잘난 체하고…… 그중에서도 제일 과했던 것은 만수 자랑이다. 그런 만수 엄마를 속으로 미워한 적도 있었다. 하지만 이제는 아니다. 어린 시절부터 20년 가까이 그녀를 지켜보면서 뭐든지 이렇게까지 대놓고 하는 사람이면 나쁜 사람은 아니라는 결론을 내렸다.

만수는 제 엄마를 많이 닮았다. 기골이 장대한 외양부터 닮았고 성격도 비슷한 구석이 많다. 키가 187센티에 몸무게는 90킬로가 넘는데다 목소리도 크다. 만수가 길에서 알은체하며 큰 소리로 부를 때면, 나는 쥐구멍에라도 숨고 싶어진다. 어려서부터 녀석은 나를 누나라고 부르며 따라다녔다. 지금은 기분이 좋을 때만 누나라고 부른다. 만수는 야구를 잘한다. 아니 잘했다. 중학교 시절에는 또래 중 가장 성적이 좋은 좌완 투수였다. 메이저리거의 꿈을 안고 일본으로 야구 유학을 떠났던 만수는, 환호성을 받으며 출루했지만 맥없이 아웃을 당한 타자처럼 집으로 돌아왔다.

한달 전까지만 해도 24시만수불가마사우나 입구에 들어선 손님들은, 이 집 아들 만수가 해맑게 웃고 있는 모습을 볼 수 있었다. 가로 80센티, 세로 110센티 크기의 액자 사진 속에서 유니폼을 입은 만수는 우승기를 흔들고 있었다. 만수가 일본에서 돌아오면서 그 액자는 온데간데없이 자취를 감췄다. 3년 넘게 벽면에 붙어 있던 액자의 빈자리만 그대로 확연히 드러났다. 꼬질꼬질하게 때가 쌓인 주위 벽면과는 대비될 정도로 표백된 듯 하얗게 남은 액자의 자리는, 홀연히 사라진 만수의 꿈을 상징하는 것처럼 느껴졌다.

만수의 사진이 걸려 있던 자리에는 같은 크기의 다른 액자가 대신 놓였다. '참숯 불가마의 효능'이라는 커다란 표제 아래 불가마 사진과 그에 관련된 글귀가 진지하게 배치되어 있었다. 빨간 고딕체의 글씨로 '참숯이 아닐 시에는 1억원을 배상하겠습니다!!'라고 마무리된 하단이 인상적이었다. 만수의 꿈이 뜯긴 자리를 '참숯 불가마'가 보란 듯이 차지하게 된 것이다.

만수와 나는 다르다. 엄마의 사물함 벽면에 붙어 있는 내 사진을 떠올렸다. 엄마는 내가 머리에 족두리를 쓰고 트로피를 든 채 찍은 사진과, 나에 대한 기사가 실린 무용잡지 한면을 코팅해 사물함에 붙여놓았다. 나는 더이상 무대에 설 수 없지만, 엄마에게 얼른 그 사진들을 떼어버리라고 말하기 어렵다. 이제 엄마는 대체 어떤 희망으로 그 조그만 사물함의 문을 여닫을 수 있을까.

2

 엄마는 시선을 끌었다. 엄마의 피부는 매끈하고 윤기가
흐른다. 특별히 선탠을 하지 않아도 몸 전체가 건강한 구
릿빛을 띤다. 몸매는 마른 편이지만 팔과 다리, 그리고 복
부에까지 잔 근육이 붙어 있다. 가슴과 엉덩이에 조금만
더 살집이 있었더라면 남미의 댄서같이 뇌쇄적인 분위기
를 풍겼을 텐데. 볼륨이 조금 아쉽긴 하지만, 엄마는 충분
히 섹시하다. 우리 엄마처럼 빨간색 팬티와 브래지어 세
트가 잘 어울리는 사람을 나는 보지 못했다. 빨간색 브래

지어를 입은 엄마의 가슴골 사이에 송송히 맺혀 있는 땀방울을 볼 때면, 나는 아찔하면서도 아득한 기분이 들었다.

엄마는 손바닥과 발바닥이 유난히 하얗다. 그 손바닥과 발바닥은 하루 종일 물을 머금은 채로 쭈글쭈글했다. 엄마는 시간이 날 때마다 손에 묻은 물기를 닦고 핸드크림이나 오일을 발랐지만, 거칠고 볼품없는 손을 감출 수는 없었다. 그러나 엄마의 손과 발에 관심을 가지는 사람은 많지 않았다. 유라 엄마는 어쩜 그렇게 젊어 보여? 어떻게 이 나이에 이런 S라인이 나와? 군살이 하나도 없네. 목욕탕에서 엄마를 만난 중년 여자들은 모두들 엄마의 몸매와 젊음을 부러워했다. 속 썩이는 서방이 없어서 그렇지. 나처럼 살면 살이 찔 수가 없다니까. 목욕탕을 찾는 아줌마들 앞에서는 별거 아니라며 손을 내저었지만 엄마가 지금의 몸 상태를 유지하기 위해 얼마나 노력하는지, 그리고 그걸 얼마나 자랑스러워하는지 나는 잘 알고 있다.

엄마는 24시만수불가마사우나의 지하 1층 여탕에서 일한다. 20년 전만 해도 이곳은 선녀탕이라는 조그만 공중목욕탕이었다. 전국적으로 찜질방 붐이 일어나기 시작한

10여년 전 사장은 목욕탕을 헐고 3층 건물을 지어 24시만수불가마사우나를 개업했다. 그리고 3년 전 증축을 해서, 지금은 스포츠센터까지 갖춘 5층 건물의 찜질방이 되었다. 시내의 유명 찜질방과는 비교가 안 되지만 인근에서는 가장 규모가 크고 시설이 깔끔한 편이라 손님이 끊이지 않았다. 한자리에서 20년 가까이 일하고 있는 엄마를 보고 이곳을 찾는 여자들도 많았다. 엄마는 만수가 태어나기 전인 선녀탕 시절부터 때밀이로 일해 왔다. 지금이야 세신사나 목욕관리사 같은 그럴싸한 명칭을 쓰기도 하지만 그 시절에는 때밀이가 엄마를 가리키는 자연스러운단어였다. 사실 요즘도 손님들은 엄마를 때밀이 아줌마나여탕 아줌마, 혹은 유라 엄마라고 부른다.

엄마가 때밀이라고 말하면 십중팔구는 어색한 표정을 지었다. 내가 다닌 대학의 무용학과 전공생 중에는 태어나서 한번도 대중탕에 가보지 않은 이들도 꽤 있었다. 엄마에 대해 이야기하면 "어머, 그래?"라며 입은 웃고 있지만 눈썹은 위로 올라가는 경우가 대부분이다. 전혀 몰랐다는 반응을 보이며 깜짝 놀라기도 한다. 꿈에도 예상하지 못했다며 미안한 기색까지 표하는 이들에게는 어떻게 대꾸를 해야 할지 난감했다. 내가 때밀이의 딸이라고 얼굴에 써 붙이고 다니는 것도 아닌데 그런 걸 모르는 게 왜 그들이 미안해할 일인가. 내가 그동안 만나다 말았던 남자들도 모두 같은 반응이었다. 대놓고 뜨악하는 속물은 차라리 귀여웠다. 짐짓 교양 있는 척하면서 "나는 괜찮아. 상관 안 해"라고 말하는 녀석들은, 활활 타오르는 불가마 속에 집어넣어 고문한 다음 진심을 토로하게 만들고 싶었다. 우리 엄마가 저더러 어쨌다고 자기가 괜찮다는 건지, 상관하지 않겠다고 굳이 강조하는 것은 이게 상관할 일이라는 뜻인지 제대로 따져 묻기도 전에 그들은 나와 무관한 사이가 됐다.

3

엄마의 이름은 오혜자다. 한때는 그녀도 가슴에 명찰을 달고 '오혜자 씨'로 불리던 시절이 있었다. 엄마는 여상을 졸업하기도 전에 서울 시내에서 가장 큰 백화점의 1층 화장품 매장에 취직했다. 엄마의 말에 따르면, 당시만 해도 백화점은 아무나 드나들 수 없는 곳이었기 때문에 아무나 매장 직원으로 뽑지도 않았다. 명문 여상 출신 중에서 성적이 우수하고 용모가 단정한 사람만을 채용했다. 엄마의 경우 명문 여상도 아니었을뿐더러 성적이 딱히 우수하지도 않았지만, 용모가 특출나게 단정했기 때문에 주변 친구들의 부러움을 사며 백화점에 입사하게 되었다는 것이다.

엄마는 백화점 1층에서도 가장 넓은 자리를 차지하는 화장품 브랜드 매장을 담당했다. 내 아버지는 그 매장을 들락날락하며 매출을 관리하던 본사 영업 직원이었다. '본사'라는 단어에 스무살 엄마의 가슴은 묘하게 두근거렸다. 명동의 중심가에 위치한 백화점, 그 안에서도 가장 눈에 띄고 중심이 되는 자리를 매일 지키면서 엄마는 주목받는 삶을 동경하고 갈망하게 되었다.

사실 내 아버지는 본사의 중심과는 거리가 먼 사람이었다. 전국의 화장품 매장을 돌며 재고를 조사하고, 주문서를 받는 게 그의 일이었다. 정작 엄마가 본사가 얼마나 대단한지 알게 된 것은, 아버지가 죽은 후였다. 지방 출장길에 고속도로에서 유명을 달리한 아버지가 산업재해로 인한 순직을 인정받기까지는 2년이 넘게 걸렸다. 그때까지 엄마는 커다란 직육면체 모양의 화장품 가방을 어깨에 메고, 집집마다 찾아다니며 동네 아줌마들에게 피부 마사지와 눈썹 문신을 해주며 돈을 벌었다. 걸음마조차 떼지 못한 나를 포대기에 싸서 업은 채로 엄마는 남의 집 초인종을 눌러야 했다.

지리멸렬한 싸움 끝에 겨우 받은 아버지의 보상금은 엄마가 살면서 만져본 돈 중 가장 액수가 컸다. 엄마는 아버지의 부모 형제들과 연을 끊었다. 그러고 얼마 지나지 않아 새로 지은 아파트 단지 앞에 '오혜린 뷰티케어'라는 간판을 내걸고 피부 관리실을 차렸다. 오혜린은 엄마가 평소 친하지 않은 사람에게 자신을 소개할 때 쓰는 가명이었다. 엄마는 본래 이름은 촌스러울지언정 세련된 미모를 갖추고 있었고, 장사 수완 또한 좋았다. 피부 관리실이 성공하는 데 가장 중요한 것은 마사지 실력이 아니라 원장의 피부였다. 엄마는 윤기 나고 반짝이는 피부를 유지하기 위해 큰 공을 들였다. 동네 아줌마들을 상대하는 피부 관리실이기는 했지만, 최대한 고급스럽게 보이도록 인테리어에도 적지 않은 돈을 들였다. 엄마는 유명 브랜드의 옷을 차려입고 빨간 스포츠카를 몰면서 집에서 10분 거리의 가게에 출근했다. 그때까지만 해도 엄마는 환하고 반짝거리는 것이 아름답다고 한치의 의심도 없이 믿었다.

사파이어 아저씨가 가게에 드나들기 시작하면서 엄마의 표정은 한결 밝아졌다. 장교 출신, 정확히는 군목으로 10년 가까이 군 생활을 하다가 지금은 사업을 하고 있다고 자신을 소개한 아저씨의 얼굴은, 특별히 관리를 받지 않아도 하얗고 빛이 났다. 아저씨는 목소리도 좋았다. 몸속 깊은 곳에 커다란 울림통을 숨겨놓은 것 같았다.

"우린 단순히 장사를 하는 게 아니에요. 전지구적인 네트워킹을 구축하고, 새로운 세계를 창조하는 겁니다. 당연히 고통이 따르겠죠. 새로운 삶을 시작하는 거니까. 이건 혜린씨 인생에서 다시 찾아오지 않을 기회라고요. 나를 믿어요."

아저씨가 눈에 힘을 주고 하는 말들은 대부분 추상적이었고 이해가 가지 않았다. 하지만 아저씨가 낮고 굵은 톤으로 확신에 차서 말할 때면 나도 모르게 자세를 고쳐 앉으면서 그의 말을 경청하게 됐다. 엄마도 반쯤 넋이 나간 표정으로 아저씨의 입술을 쳐다보다가 어렵게 입을 뗐다.

"그럼 결국 이거 다단계란 소리 아닌가요?"

"일반적인 다단계랑은 차원이 다르다고요. 소셜 네트

워크 마케팅! 이걸 어떻게 설명해야 하나. 나도 곤란하네요. 이해하기 어려우면 다단계로 생각해도 돼요. 혜린씨, 다단계가 나쁜 거라는 편견부터 버려요. 사람들은 누구나 좋은 걸 경험하면 가까운 누군가에게 그걸 소개하고 싶어합니다. 그런 면에서 본다면 인생사에서 다단계 아닌 일이 하나도 없어요. 우리가 태어난 것, 그리고 또 당신이 유라를 낳은 것, 이 또한 인류를 전파하는 다단계 사업이죠. 아브라함이 이삭을 낳고 이삭은 야곱을 낳고 야곱은 유다와 그의 형제들을 낳고 유다는 다말에게서 베레스와 세라를 낳고 베레스는 헤스론을 낳고 헤스론은 람을 낳고…… 『마태복음』1장에 나오는 말씀도 몰라요? 의심하고 부정하는 나쁜 습관부터 버려야 하는 거야. 누누이 말하지만 이건 새로운 삶을 구축하고 새로운 역사를 만들어가는 작업이 될 테니까."

아저씨는 어느새 엄마에게 말을 놓고 있었고, 말끝을 잘라먹으면서 엄마와의 거리를 좁혀나갔다. 엄마는『마태복음』은 몰랐지만 아저씨의 말을 성서처럼 받들게 됐다. 새로운 마케팅, 새로운 삶이라고 읊조릴 때마다 엄마의 눈에서는 전에 없던 의욕이 샘솟는 것처럼 보였다. 엄마는 피부 관리실 선반에 전시되어 있던 프랑스산 화장품을 치우고, 아저씨가 팔던 다양한 종류의 건강식품과 세제, 화장품을 즐비하게 늘어놓았다. 이 제품들을 사들이면 더 예뻐지고 더 젊어질 수 있다는 말에 많은 손님들이 관심을 보였다. 엄마는 다이아몬드가 되겠다고 했다. 아저씨를 먼저 다이아몬드로 만들고, 다음 차례는 자신이 될 것이라고, 확신에 찬 목소리로 말했다. 다이아몬드가 뭐냐고 묻자 엄마는 얇은 잡지책의 표지를 가리켰다. 표지 사진 속에서는 정수리 부분 머리카락을 크게 부풀리고 짙게 화장을 한 중년 여자가 어색한 미소를 짓고 있었다. 엄마는 자신보다 훨씬 늙고 못생긴 그 여자처럼 되는 것이 꿈이라고 했다. 아무것도 하지 않고 가만히 앉아만 있어도 통장에 돈이 쌓이는 것이 다이아몬드라고, 모두가 엄마를 우러러볼 날이 머지않았다고 큰소리쳤다.

아저씨와 엄마가 살림을 합치던 날, 정확히는 아저씨가 우리 집에 맨몸으로 들어오던 날, 그는 내게 커다란 곰인형을 선물했다. 내 키만 한 곰인형을 어떻게 옮겨야 할지 우물대고 있을 때 그는 한 팔로는 나를, 다른 한 팔로는 곰인형을 번쩍 들어올려 내 방으로 성큼성큼 걸어 들어갔다. 나는 너무 좋은 나머지 그의 목을 꼬옥 끌어안았다. 소원 트리에 원하는 선물을 적은 카드를 달았더니 실제로 산타 할아버지에게 그 선물을 받았다는 동화 속 소녀가 된 기분이었다. 내가 소원으로 빌었던 선물은 곰인형이 아니라 아빠였다. 그날부터 아저씨는 우리와 함께 살았다. 침대에 엉덩이를 걸친 아저씨가 내 머리맡에서 동화책을 읽어줄 때면, 나는 잠들지 않으려고 억지로 눈꺼풀을 치켜세웠다. 그가 달콤한 목소리로 전해주는 동화 속 세상에 오래오래 머무르고 싶었다.

그 시절 엄마도 항상 웃고 있었다. 엄마는 나의 조그마한 재롱에도 숨이 넘어갈 듯 까르르 웃으며 볼을 쓰다듬어주었다. 나는 안방에서 엄마와 아저씨 사이에 누워 잠드는 것을 좋아했다. 일어나보면 신기하게도 내 방 침대였다. 아저씨가 잠든 나를 번쩍 들어 옮겨놓은 것이다. 가끔 어설프게 잠이 들었을 때면 아저씨가 숨을 죽인 채로 조심스럽게 나를 안아 올리는 움직임을 느낄 수 있었다.

그럴 때면 부러 죽은 것처럼 온몸을 축 늘어뜨렸다. 아저씨가 나를 쉽게 옮길 수 있도록, 온몸에 힘을 빼서 새털처럼 가볍게 만들고 싶었다.

아저씨가 사라진 후 엄마는 눈에 초점을 잃었다. 가게는 아수라장이 되었다. 여자들이 몰려와 엄마의 멱살을 잡고 흔들었다. 아저씨의 행방을 물으며 소리를 지르는 사람들 앞에서 엄마는 지금 그게 제일 궁금한 사람이 나라며 가슴을 쳤다. 나는 다른 어른들이 잘못 알고 있는 게 아닐까 의심했다. 매일 밥상에서 맛있는 반찬을 잘게 찢어 내 숟가락 위에 얹어주고, 유치원 발표회 때 맨 앞자리에서 가장 크게 박수를 쳐주던 아저씨의 행동이 모두 계획적인 사기였다는 것이 믿기지 않았다.

엄마는 아저씨와 나란히 누웠던 황토전기장판의 스위치를 켜고 누운 채 안방에서 나오지 않았다. 나는 가끔씩 방문을 열고 들어가, 등을 보이고 누워 있는 엄마의 어깨가 오르락내리락하는지 조심스레 확인해보았다. 그럴 때마다 엄마는 내가 걷어낸 이불을 다시 끌어올려 머리끝까지 뒤집어썼다. 당시 일곱살에 불과했던 나는 무언가 크게 잘못되었다는 생각이 들었지만, 무엇이 잘못되었는지 엄마에게 직접 물어볼 수는 없었다. 이렇게 먹지도 마시지도 않다가 엄마가 죽기라도 할까봐 두려워도 불길한 기운을 입 밖으로 내뱉는 것 같아서 꾹꾹 참았다.

엄마를 대신해 죽음의 문턱까지 다녀온 것은 나였다. 엄마는 온몸에 열꽃이 잔뜩 오른 나를 업고 한밤중에 병원으로 달려가며 울부짖었다.

"하느님, 부처님, 천주님, 누구든 저희 좀 살려주세요. 제가 잘못했습니다. 우리 유라까지 잘못되면 저는 죽습니다. 제발 살려주세요. 다시는 헛된 꿈 안 꾸고 살겠습니다."

축축하게 젖은 엄마의 등에 뺨을 부비며 나는 까무룩 잠이 들었다.

급성 폐렴으로 나는 한달 넘게 병원 신세를 졌다. 병실로 찾아온 아버지의 부모, 그러니까 나의 조부모는 분노와 측은함이 뒤섞인 눈빛으로 나를 한참이나 내려다보다가 엄마에게 봉투 하나를 건네고 사라졌다.

4

퇴원 후 나는 엄마를 따라 원래 살던 곳에서 차로 한시
간 넘게 걸리는 경기도 외곽의 한 동네로 갔다. 엄마는 재
래시장 입구에 삐죽이 솟아오른 선녀탕의 굴뚝을 가리키
며 우리가 당분간, 지낼 곳이라고 당분간이라는 단어에
힘을 주어 말했다. 나는 우리가 예전에 살던 아파트는 아
니더라도 '집'에서 살 줄 알았다. 여탕 탈의실 옷장에 짐
을 부리게 될 줄은 전혀 예상하지 못했다.

엄마에게 남은 것은 적지 않은 빚과 어린 딸뿐이었다.

엄마는 나의 조부모에게 빌린 돈으로 집을 구하는 대신 선녀탕의 때밀이 자리를 샀다. 이제부터는 양손에 스포츠카의 운전대가 아니라 이태리타월을 쥐어야 했다. 처음부터 엄마가 능숙하게 여자들의 때를 민 것은 아니다. 힘 조절에 서툴렀고, 손님들은 자주 불만을 토로했다. 엄마는 매일 밤 나를 식어가는 온탕 속에 집어넣었다. 그러고 나서 내 몸에 훈기가 돌 무렵 플라스틱으로 된 파란 침대 위에 눕혔다. 엄마는 나를 눕혀놓고 프로 때밀이가 되기 위해 열심히 연습했다.

등뼈가 닿은 바닥은 딱딱했고, 엄마의 손길에는 자비가 없었다. 버둥거릴 때마다 엄마는 물 묻은 손으로 내 몸 곳곳을 짝 소리가 날 정도로 세게 때렸다.

"움직이지 마."

"엄마, 나 아파."

"이게 뭐가 아파. 가만히 있으라니까."

여탕 안의 난방 장치는 이미 꺼져 있었고, 내 몸은 금방 식었다. 때가 제대로 나올 리 만무했다. 때가 나오지 않는다며 엄마는 또 신경질을 부리며 나를 때렸다. 엄마와 나둘밖에 없었지만 넓은 공간에 그렇게 벌거벗은 채로 누워 있는 것이 수치스러워서 눈물이 났다.

내가 눈물을 찔끔거리면 엄마는 또다시 손바닥으로 나를 매섭게 내리쳤다.

"울지 마. 뭐 이깟 일로 울고 그래? 지금 이건 우리 모녀에게 아주 중요한 문제야. 이것도 못 견디면 둘이 같이 나락으로 떨어지는 거야. 그냥 여기서 우리 같이 죽을래?"

싸늘한 엄마의 목소리가 낮게 울렸다. 나는 눈을 질끈 감고 어금니를 깨문 채로 추위와 아픔, 그리고 수치와 모멸감을 견뎠다. 버둥거리지 말고, 울지도 말고, 몸에 힘을 뺀 채로 가만히 누워 있으라는 엄마의 요구 조건을 일곱살의 내가 모두 수용하기는 힘들었다. 나는 몸에 힘을 잔뜩 주고 긴장한 상태로 그 순간이 빨리 끝나기만을 기다렸다.

"힘주지 마! 힘 빼. 좀 참으란 말이야!"

엄마는 손에 든 때수건을 벗어던지고 다시 나를 때렸다. 나는 무엇이 그토록 엄마를 화나게 하는지, 엄마의 분노가 어디에서 기인한 것인지 몰랐다. 내가 참아야 하는 것이, 감당해야 하는 것이 무엇인지도 가늠할 수 없었다.

그저 아프고 서러웠을 뿐이다. 이게 아니면 둘이 같이 죽는 수밖에 없다고 엄마가 독기 어린 표정으로 말했을 때, 나는 한번도 겪어보지 못한 죽음보다는 그녀의 손찌검이 더 두려웠다. 비누거품이 묻은 엄마의 때수건이 사타구니 사이를 거칠게 지나갈 때, 나는 소리를 내지 않으려 입을 앙다물었다. 목욕이 끝난 내 몸 곳곳은 울긋불긋했다. 엄마가 때수건으로 민 자국과 때린 손자국이 온몸에 교차된 채 남아 있었다.

엄마가 일이 손에 꽤 익은 다음에도 밤마다 이루어지는 목욕 의식은 끝나지 않았다. 일과가 끝나면, 엄마는 소리를 지르며 나를 찾았다. 엄마의 신경이 하루 중 가장 날카로운 때였다. 의도하지는 않았지만, 나는 밤마다 어떤 방식으로든 엄마의 신경을 거슬렀다. 엄마가 나를 찾는 소리에 즉각 반응하지 않는다는 이유로 맞았고, 엄마의 목소리를 듣고 바로 달려오다가 조심성이 없다고 맞았다. 엄마는 필요 이상으로 거품을 많이 내어 내 몸의 곳곳을 온 힘을 다해 밀었고, 거칠게 머리를 감겼다. 목욕이 끝나면 수건을 한 손으로 쥐고 휘젓듯이 내 머리카락의 물기를 닦아냈다. 그 과정에서 내가 조금이라도 몸을 빼거나 반항하면 그때부터 소리를 지르며 때렸다.

하루 종일 여자들의 몸을 씻기느라 녹초가 된 상황에서도, 엄마는 밑바닥에 남은 마지막 힘까지 소진하려는 듯 필사적으로 울음 섞인 고함을 질렀다.

"내가 누구 때문에 이렇게 사는데! 나도 너, 할머니 할아버지한테 보내고 팔자나 고치면 속 편하지. 너 때문에 못하는 거야. 애비 없이 사는 것도 서러운데 에미까지 없이 그렇게 살아야겠니. 그럴 바엔 같이 죽자."

흠씬 두들겨 맞으며 목욕을 하고 나면 쉽게 잠에 빠졌다. 나는 찐득찐득한 탈의실 바닥에 깐 전기장판 위에 온몸을 옹송그린 채 잠이 들었다. 황토장판에서 올라오는 열기 때문에 등은 뜨거웠지만, 코끝을 스치는 공기는 축축하고 차가웠다. 마치 내 몸이 차가운 공기와 뜨거운 공기가 만나는 경계면처럼 느껴졌다. 매일 밤 눅눅하게 나를 에워싸는 서러운 기운의 정체를 끝내 파악하지 못한 채, 나는 온몸이 녹아내릴 것만 같은 기분을 느끼며 정신없이 곯아떨어지곤 했다.

5

낮 시간의 목욕탕은 열기로 가득 차 있다. 탕에서 갓 나온 여자들의 몸에서 나오는 훈기와 수증기가 모락모락 피어오르는 여탕의 공기에 나는 숨이 턱턱 막히곤 했다. 그곳에서는 아무것도 입지 않은 사람들의 몸이 자연스러웠다. 나는 하루 종일 발가벗은 채로 밥을 먹었고, 목욕탕을 뛰어다녔고, 축축한 물기가 남아 있는 나무 평상에 앉아 텔레비전을 보았다. 선녀탕에서 머무른 지 몇달 되지 않아 나는 소아질염 진단을 받았다. 밤마다 밑이 가렵다며 몸을 뒤틀어대는 나를 엄마는 황망한 눈길로 바라보았다.

엄마는 시장에서 흰색 면 팬티를 여러장 사왔다. 엉덩이 부분에 만화 캐릭터가 그려져 있는 팬티였다. 엄마는 내 팬티를 주기적으로 휴대용 가스레인지에 삶았다. 나는 엄마가 사람들 앞에서 팬티가 가득 든 빨래솥을 들고 다니는 모습이 부끄러웠다. 가장 참기 힘들었던 순간은 병원에서 처방 받아온 갈색 세정제를 뜨거운 물에 풀어놓은 대야에 나를 앉혀둘 때였다. 하루에 두세번씩 좌욕을 시켜주라는 의사의 처방에, 엄마는 여탕에 다른 손님들이 있건 없건 아랑곳하지 않고 자신이 시간이 날 때면 나를 목욕탕으로 불러들여 다리를 벌리게 하고 대야에 앉혔다.

소독약 냄새가 풍기는 갈색 물속에 아랫도리를 담그고 울상을 짓고 있는 나를 손님들은 힐끔힐끔 쳐다보았다. 아이가 왜 저러고 있느냐고 엄마에게 묻는 오지랖 넓은 여자도 종종 있었다.

"아유, 질염이라나 뭐라나. 거시기에 세균이 들어갔대. 안 그래도 바빠 죽겠는데 여간 귀찮은 게 아니야."

좌욕이 끝나면 엄마는 샤워기를 틀어 내 아랫도리를 물

로 씻어냈다. 나는 턱을 덜덜 떨며 다리를 어깨 넓이로 벌린 채 섰다. 그 순간엔, 특히 내 또래 소녀들과 눈이 마주치지 않으려 눈을 질끈 감았다.

처음에는 목욕탕에서 또래 여자아이들을 만나는 것이 좋았다. 목욕탕에서 만난 아이들과는 스스럼없이 친해졌다. 다른 아이가 가지고 온 소꿉놀이 장난감을 물에 담그고 놀면서 까르르 웃어댔고, 번갈아 가며 탕에서 잠수를 하기도 했다. 하지만 그 아이들은 아주 잠깐 목욕탕에 들렀다 집으로 돌아가기 마련이었고, 나만 또 혼자가 되었다. 나는 엉덩이 부분에 만화 캐릭터가 그려진 팬티를 입고 평상에 오도카니 앉아 만화영화를 보면서 시간을 때웠다. 그 시절 여탕의 텔레비전 리모컨을 하루 종일 차지한 사람은 나였고, 채널은 늘 케이블 만화영화 방송에 고정되어 있었다.

엄마가 아닌 여자들은 대체로 내게 친절했다. 목욕이 끝난 후 바쁘게 움직이던 여자들이 탈의실 중앙을 멀뚱히 지키고 앉아 있는 나를 모른 척하기 어려웠던 것은 그만큼 내가 안쓰럽게 보였기 때문일 것이다. 여느 아이들

과 달리 바로 곁에서 지켜주는 보호자가 없었기에 오히려
나는 탈의실에서 가장 많은 시선과 관심을 받는 존재였
다. 목욕탕을 찾은 엄마의 손님들은 나를 속이 훤히 비치
는 냉장고 앞으로 데리고 가 마시고 싶은 음료수를 골라
보라고 했다. 내가 가장 좋아했던 이들은 오후 2시면 단체
로 몰려와 옷을 홀렁홀렁 벗어던지고 탕 속으로 뛰어들던
유흥업소의 언니들이었다. 그녀들에게는 남다른 아름다
움과 분방함이 있었다. 나는 그녀들이 팬티도 입지 않은
채로 평상에 앉아 발톱을 깎고 매니큐어를 바르는 모습을
유심히 보았다. 발가락을 꼼지락댈 때마다 거무스름한 음
모 사이로 나타났다 사라지는 언니들의 성기를 보면서 야
릇한 기분을 느끼기도 했다.

　언니들은 여탕에서 씀씀이가 가장 컸다. 엄마가 권하는
비싼 마사지도 마다하지 않았고, 내가 아무리 비싼 음료
수를 골라도 거절하는 법이 없었다. 나는 다른 어른들이
몸에 나쁘다고 못 마시게 했던 커피우유나 초코우유를 흔
쾌히 허락하는 언니들이 좋았다. 유통기한이 다 된 흰 우
유를 몸에 좋은 거라며 억지로 먹으라고 하는 목욕탕 사

장 아줌마보다 훨씬 나았다. 물론 사장 아줌마가 내게 흰 우유를 건네게 된 것만으로도 엄청난 관계의 발전이기는 했다.

처음에 그녀는 우리 모녀가 목욕탕에서 기거하는 것을 탐탁지 않게 여겼다. 어쩌다가 사장 아저씨와 엄마가 말이라도 섞을라치면 매서운 눈으로 엄마를 흘겨보기도 했다. 그러나 결혼 후 7년 동안 생기지 않던 아이가 들어서자 태도가 달라졌다. 내가 선녀탕에 온 뒤 바로 임신을 하게 되었다며, 나를 복덩이라고 치켜세웠다. 그 아이가 바로 만수다. 그러니까 나는 만수를, 태아 시절부터 알았던 셈이다.

바쁜 엄마를 대신해 나의 초등학교 입학식에 대신 참석한 사람도 사장 아줌마였다. 담임선생님은 만삭의 배를 내민 채 내 옆에 서 있는 그녀에게 눈인사를 하면서 내게 말을 걸었다.

"곧 동생이 태어나겠구나."

나는 얼마 후 아우를 볼 맏이처럼 애써 어른스러운 표정을 지었다. 입학식이 끝난 후 아줌마와 나는 서로 손을 잡고 교문을 나섰다. 작은 손이 땀으로 축축하게 젖어갔다. 손을 빼고 싶었지만 아줌마는 그럴 생각이 없어 보였다. 아줌마의 다른 한 손에는 새로 받은 교과서가 잔뜩 든 책가방이 들려 있었다.

"한번 만져볼래? 아들이야. 애 아빠는 아이를 야구 선수로 키우겠대."

그녀는 내 손을 자신의 배 위로 가져갔다. 나는 흠칫 놀라 한걸음 물러섰다.

"괜찮아. 만져봐도 돼. 이리로 와보렴."

땀에 젖은 내 손이 둥근 배 위에 걸쳐지자 배를 싸고 있던 원피스 위에 아주 작은 물 얼룩이 찍혔다. 한껏 부풀어 오른 아줌마의 배는, 단단하고 따뜻했다. 나는 그 배에 가만히 손끝을 갖다 대었다가 안에서 느껴지는 떨림에 깜짝 놀라 손을 뗐다. 만수의 태동이었다.

만수가 태어나자 사장 아저씨는 목욕탕 입구에 붉은색 고추가 달린 금줄을 걸었다. 정작 만수 엄마는 친정에 몸조리를 하러 가 그곳에 있지도 않았다. 입구 유리문 상단에 가랜드처럼 장식되어 있는 금줄을 올려다보며 손님들은 "이거는 출입을 자제해달라는 뜻인데. 거참, 들어오란 소리야, 말라는 소리야?"라며 난감한 표정을 지었다. 사장 아저씨는 싱겁게 웃으며 사람들에게 어서 안으로 들어오라는 손짓을 했고, 묻지도 않은 말들을 늘어놓았다.

"순산했습니다! 아들입니다. 아주 건강한 아들이에요!"

만수 아버지는 출산 기념 떡을 맞춰 시장 상인들과 목욕탕 손님들에게 돌렸다. 그는 카운터에 앉아 손님들에게 떡과 수건을 건네며 축하를 받느라 바빴다. 사장 아저씨는 기분 좋은 일이 있을 때마다 건수를 만들어 인심을 잘 쓰기로 유명했다. 모임에서 감투를 쓰고 찬조금을 내는 일에 그는 매번 적극적이었다. 동네에서는 호인으로 불리는 아저씨였지만, 수도나 전기 요금 등 공과금에 대해서는 병적으로 예민하게 굴어서 목욕탕 직원들에게는 인심을 잃고 살았다. 엄마를 비롯해 매점 언니나 청소 아줌마는 물론이고 만수 엄마에게조차 물이나 전기를 아껴 써야 한다고 쉬지 않고 잔소리를 하는 바람에 사장 부부는 자주 큰소리를 내며 다퉜다. 만수 아버지는 심지어 나와 마주칠 때에도 여탕이 남탕보다 수도 요금이 두배나 나온다며 손님들이 물을 그냥 틀어놓은 채 자리를 뜨지 않는지 수시로 확인을 해야 한다고 주의를 주곤 했다.

목욕탕 건물의 꼭대기 층이 사장 부부의 살림집이었다. 만수 엄마의 말에 따르면 낮에는 집에서 절대로 형광등을 켤 수 없고, 세수와 양치질을 할 때조차 물을 많이 쓰면 눈치를 받는다고 했다. 갓난쟁이 만수는 살림집에서 하루에 한번 여탕으로 내려와 목욕을 했다. 만수가 내려오면 엄마나 매점 언니가 아기 욕조를 꺼내 적당한 온도로 물을 받았다. 욕조 속에서 만수는 방싯방싯 웃으며 여자들의 시선을 받아냈다.

"아이고, 고놈 튼실하네. 만수 엄마는 밥 안 먹어도 배부르겠어."

"중국 황실 자손도 아니고 이렇게 여자들한테 둘러싸여서 목욕을 하다니…… 속으로 무슨 영문이냐 이러고 있겠어. 만수야, 그치?"

"우쭈쭈, 아가야, 너 여기가 금남의 구역인 걸 알고는 있니?"

만수를 보면서 여자들은 한마디씩 보탰다. 만수는 기분

40

이 좋은지 발끝으로 물을 튕겨냈다.

엄마는 손님이 없을 때면 만수 엄마 곁에서 아기 목욕을 도왔다. 무릎을 꿇은 채로 아기의 머리를 감기는 엄마의 손길은 재빠르면서도 조심스러웠다. 그런 엄마를 볼때면 왈칵 서러움이 올라왔다. 나는 벌거벗은 미미 인형들을 세숫대야에 담그고 거칠게 씻겼다. 미미 인형의 가랑이 사이는 밋밋하고 딱딱했다. 나는 인형의 가랑이를 쭉 찢어서 비누칠을 했다.

엄마는 이사 가기 전날까지 단 하루도 쉬지 않고 일하면서, 사글셋방 얻을 돈을 마련하는 한편 틈틈이 빚을 갚았다. 나는 말수 적고 눈치 빠른 아이로 자라났다. 목욕탕에서 저녁을 먹고 집에 돌아와 혼자 책가방을 쌌고, 양치질까지 스스로 끝낸 후 엄마가 돌아오기 전에 잠자리에 들었다. 일을 마치고 돌아온 엄마는 반듯한 자세로 눈을 감고 누워 있는 딸의 얼굴 위로 손바닥을 휘저어보곤 했다.

그곳에서 살지 않게 된 이후로 나는 절대 공중목욕탕 침대에 누워 때를 밀지 않았다. 밥을 먹고 숙제를 하면서 그곳에서 종일 시간을 보내면서도 엄마에게 때를 밀지는 않았다. 엄마가 나를 여탕 침대 위로 눕힐라치면, 탈의실로 도망가 매점 언니 뒤에 숨었다. 엄마에게 잡혀 호되게 맞은 적도 몇번 있었지만, 끝까지 고집을 꺾지 않았다.

"흥, 안 밀면 너만 찝찝하고 손해지 뭐! 이게 얼마짜리 서비스인데, 제가 얼마나 호강에 겨워 있는지 모르는 계집애 같으니라고."

어느 순간부터 엄마도 나를 완력으로 제압하는 것을 포기했다.

성인이 된 지금도 나는 여탕을 자주 찾지만, 절대로 엄마에게 세신을 부탁하지 않는다. 엄마가 일하는 모습을 가만히 지켜보다가 구석에서 간단한 샤워 정도만 하고 나와버리곤 한다. 언젠가 목욕탕 의자에 쭈그리고 앉아 있는 내 어깨 뒤로 엄마가 다가와 등을 밀어주겠다고 했을 때, 엄마를 노려보면서 내 몸에 손대지 말라며 히스테릭하게 소리를 질렀다. 앙칼진 목소리가 목욕탕 안에서 크게 울렸다. 벌거벗은 여자들의 시선이 우리 모녀에게로 모이자 엄마는 얼굴이 벌겋게 달아올랐다. 그후로 며칠

간 서로 말을 섞지 않았다.

이제 와서 엄마를 원망하는 것은 아니다. 당시 엄마는 지금의 내 또래에 불과했고, 갑작스럽게 너무 많은 일들을 겪어야 했다. 하지만 이따금 과거의 일들을 떠올리면 때수건으로 세게 민 것처럼 마음이 따끔따끔해지곤 한다.

6

윤금희 원장은 목욕탕 구석진 자리에 벌거벗은 채 앉아 미미 인형의 목을 비틀고 있는 나를 보고 다가왔다.

"니는 이기 이뻐 보이나. 누가 니한테 이래 하면 좋겠나?"

나는 들고 있던 인형을 등 뒤로 감추었다.

"니 내처럼 이래 할 줄 아나? 모가지 이래 뒤로 꺾을 줄 아나?"

윤원장은 허리에 두 손을 짚더니 뒤통수가 등에 닿을 정도로 목을 꺾었다. 두툼한 뱃살을 누르고 있는 두 손에 힘이 들어가면서 옆으로 퍼져 있던 살덩어리가 쏙 들어갔다.

그녀는 목욕탕 길 건너 상가 2층에 있는, '윤금희 고전 무용학원'의 원장이었다. 작달만한 키와 푸근한 몸매는 '윤금희'라는 이름과 썩 잘 어울렸고, 백번 양보해 투박한 사투리가 '고전'적인 분위기를 풍긴다고 볼 수 있을지도 모르겠으나, '무용'과는 도무지 상관이 없어 보이는 여자 였다. 그러나 동네에서 꽤 실력 있는 선생으로 통하는 것 으로 보아 '학원'을 운영하는 능력이 출중한 듯했다.

"딸내미가 재주가 쫌 있어 보이던데, 엄마를 닮아가 몸 꼴도 좋고. 한번 시키보는 기 어떨랑교."

윤원장은 엄마의 눈빛이 흔들리는 순간을 놓치지 않았 다. 무용학원에 등록한 첫날, 나와 같은 말을 들은 20여명 의 여자아이들과 함께 한시간 남짓 다리 찢기 연습을 하 고 헤어졌다. 학원의 상담실 벽면에는 원장의 과거 공연 사진과 제자들의 대회 입상 사진이 걸려 있었다.

엄마는 윤원장에게 내는 돈을 아까워하지 않았다. 내가 무용 대회에서 적지 않은 트로피를 받아왔기 때문이다. 엄마는 나의 몸을 닦을 때와는 다르게 조심스럽고 정성스럽게 트로피를 닦아 장식장 안에 넣어두었다.

윤원장은 목욕탕에 갈 때마다 엄마에게 내 칭찬을 늘어놓았다. 장차 내가 큰 무대에 서는 무용수가 될 것이라고 했다. 엄마는 원장의 몸을 다른 손님들보다 더 공들여 밀었다. 때 목욕이 끝나면 언제나 서비스로 안마를 해줬다.

엄마는 아프지도 않고 간지럽지도 않게, 적절하게 힘을 조절해 사람들의 피로를 풀어주는 데 능했다. 엄마가 손님들에게 인기가 높았던 또다른 이유는 안마 솜씨가 좋기 때문이었다. 때를 밀면서 몇만원 더 내고 피부 마사지와 안마를 받는 손님들이 많았기에 엄마의 벌이는 꽤 쏠쏠했다. 젖은 손으로 목욕탕이 울릴 정도로 큰 소리가 나게 몸을 철썩철썩 때렸지만 여자들은 아파하기는커녕 그 시간이 좀더 지속되기를 원했다. 유라 엄마, 여기도 좀. 유라 엄마, 요새 어깨가 많이 안 좋아. 나 꼬리뼈 부분 몇번만 더 두드려줘요. 알몸의 여자를 뒤로 눕혀놓은 채로 어깨부터 다리까지 순서대로 쳐 내려가는 엄마의 모습은 너무도 진지해서 묵언의 안수 기도를 올리는 성직자처럼 보이기까지 했다. 엄마는 수다스러운 다른 세신사들과 달랐다. 원래 말이 많은 성격도 아니었지만, 때를 밀 때만큼은 말수가 더 적어졌다. 옆으로, 뒤로, 손 올려요, 다리 벌려요. 몇가지 지시사항만을 전달할 뿐이었다. 그마저도 단골 손님들에게는 수신호로 대신했다. 엄마의 단골들은 알몸이 되어 누운 채 엄마의 신호대로 착착 움직였다. 엄마의 눈짓과 손짓 하나에 몸을 눕혔다가 뒤집었고, 엄마가 마지막에 크게 물을 끼얹으며 "수고하셨습니다"라고 외치는 말이 끝나기가 무섭게 침대에서 벌떡 일어났다. 엄마의 절도 있는 동작에 그들도 같이 박자를 맞춰 절도 있게 행동하게 되는 것 같았다.

엄마는 목욕탕에서 일한 지 3년이 지나지 않아 빚을 모두 갚았다. 나는 엄마가 다시 오혜린으로 돌아갈 것이라고 생각했다. 그러나 엄마는 여전히 지하 1층의 여탕을 지키고 있다. 형벌을 받는 시시포스처럼 씻겨도 씻겨도 또다시 더러워지고 마는 여자들의 몸뚱이를 닦아주면서, 아파트를 분양받고 승용차를 샀다. 매일 밤 집에 돌아와 다리미판 옆에 젖은 돈을 쌓아두고서는 한장씩 정성들여 다리며 중얼거렸다.

"도둑년 돈이든 갈보년 돈이든 들어오기만 해라. 내가 빳빳하게 다려서 새 돈처럼 만들어놓을 테니."

남의 돈은 원래 더럽기 마련이라며 담담하게 때 묻은 돈을 세는 엄마 밑에서 나는 자랐다. 엄마는 바쁘다는 핑계로 내 스타킹을 빨아주지도, 교복을 다려주지도 않는 야멸찬 사람이었지만, 내게 건네는 용돈만큼은 천원짜리 한장까지 다리미로 다려주었다. 양말을 제때 꿰매주지 않아 때때로 내가 구멍 난 양말을 신고 다니는 것도 모르는 엄마의 무신경함에 신경질을 내고 싶다가도, 졸린 눈을 부비면서 내 무용복 한복 저고리 동정만은 매번 손바느질로 새로 달아주던 엄마를 보면 맥이 풀렸다. 내가 태어난 이래 우리 모녀의 삶은 늘 냉탕과 온탕을 오갔다. 하지만 동정받을 정도는 아니었고, 제자리를 지키면서 서로를 그럭저럭 지켜왔다. 엄마는 자기 손으로 돈을 벌어 자가용을 몰았고 명품 백을 사기도 했다. 나는 엄마의 돈으로 무용을 전공했고 대학원도 다닌다.

7

내가 중학교에 입학하던 해, 엄마는 여름 내내 일을 쉬었다. 여름은 원래 가장 목욕탕 장사가 되지 않는 계절이다. 여름날 한낮의 여탕은 한가롭기 그지없어서 엄마도 탈의실에 나와 텔레비전을 보거나 수박을 먹으며 시간을 보내는 날이 많았다. 그해 최고 기온을 경신할 정도로 더운 날에는 때밀이 손님이 하루에 한두명에 그칠 때도 있었다. 엄마는 아침 일찍 일어나 이른 시각부터 중천에 떠서 작열하는 해를 보면서 눈을 찡그리곤 했다.

"젠장, 오늘도 공치는 날이네."

굴뚝이 솟은 선녀탕 건물을 허문 자리에 만수불가마사우나를 새로 짓는 공사는 7, 8월 두 달 동안 진행됐다. 뜻하지 않은 휴가를 받은 엄마는 넘쳐나는 시간을 좀처럼 주체하지 못했다. 엄마는 집 안 곳곳의 세간을 뒤집고 닦으며 부산을 떨었다. 그동안 이렇게 돼지우리같이 더러운 집에서 우리가 어떻게 살 수 있었는지 신기하다고 악다구니를 해대며 청소를 했다. 생각지도 못한 공간까지 훑어내며 집 안의 위생 상태를 맹렬하게 꾸짖어대자 나는 그 비난의 화살이 내게 겨눠진 듯 느껴져 마음이 불편했다.

"엄마, 이건 그냥 때 같은 거야. 밀면 밀수록 나오는 것처럼. 청소도 하면 할수록 끝이 없는 거 아니야? 어차피 엄마 다시 목욕탕 나가면 집은 더러워지기 마련이라고."

엄마는 손에 쥔 걸레를 바닥에 던지며 눈을 흘겼다.

"망할 년, 그걸 말이라고 하냐? 사람 때가 한번 밀고 안 나오는 거면 우리가 이렇게 밥 먹고살 수 있는 줄 알아? 진짜 그런 상황이면, 너 무용이고 뭐고 일찌감치 때려치워야 하는 거야. 잘난 척하지 마."

한동안 집 청소에만 매달리던 엄마는, 내가 여름방학에 돌입하자마자 뜬금없이 혼자 필리핀으로 여행을 다녀오겠다고 통보했다. 엄마의 여행 가방은 단출했다. 그녀의 트렁크에는 비키니 수영복도, 수경도, 오리발이나 튜브도 없었다. 밤에 몰래 열어본 트렁크 속에는 간단한 세면도구와 옷가지, 그리고 신문지에 야무지게 싸맨 식칼이 들어 있었다. 나는 그제야 예전에 사파이어 아저씨가 필리핀으로 도피했다는 이야기를 언뜻 들었던 기억이 떠올랐다.

일주일로 예정됐던 엄마의 여행은 보름 더 연장되었다. 엄마가 없는 집은 다시 먼지가 쌓여갔다. 나는 혼자 일어나 오전에는 동네 입시학원에 가서 국영수 수업을 들었고, 오후에는 윤금희 무용학원에서 무용을 배웠다. 엄마는 학원비를 선납하고, 내 책상 서랍에 넉넉하게 현금을 넣어놓고 떠났다. 나는 혼자 라면을 끓여먹거나, 엄마가 남겨둔 돈으로 동네 식당 여러군데를 배회하며 끼니를 때웠다. 특별히 갈 곳도 없었다. 집, 입시학원, 무용학원, 그리고 집을 오가는 단조로운 일상이었다. 목욕탕은 가림막이

쳐진 채 공사 중이었다. 종종 만수 엄마에게 밥 먹으러 오라는 연락이 오기도 했다.

공사 기간 동안 만수네는 근처 아파트를 월세로 얻었다. 만수는 초등학교 2학년이었고, 만수 엄마는 이제 진짜 학부모가 되었다. 내가 집에 들어섰을 때 만수는 러닝셔츠와 삼각 팬티만 입은 채로 바닥에 엎드려 받아쓰기를 하고 있었다. 얇은 원피스를 입고 앉은 만수 엄마는 부채를 부치며 만수에게 국어책에 나오는 문장을 읊어주는 중이었다. 만수는 나를 보고는 갑자기 옷을 입겠다고 자기 방으로 뛰어 들어가더니 한참이 지나서야 나왔다. 제 엄마까지 불러들여 법석을 떨더니 칼라 달린 셔츠와 긴 청바지를 입고, 양말까지 갖춰 신고 나온 만수를 나는 의아하게 쳐다보았다. 목욕탕이 아닌 곳에서 만나는 이들 모자는 생경했다. 만수 엄마는 된장찌개를 끓이고 생선을 구워 상을 차려주었다. 여탕 평상에서 신문지를 깔고 배달 음식을 먹었던 것 외에 이들 모자와 밥다운 밥을 먹어본 적은 처음이었다. 밥상 옆에서 선풍기가 돌아가고 있었다. 만수 엄마는 한쪽 무릎을 세우고 한쪽 다리는 땅에 붙인 채 앉아 있다가 다리를 바꿔 앉았다. 다리를 바꾸는 사이에 만수 엄마의 팬티가 살짝 보였다. 나는 얼굴을 붉히며 눈을 돌렸다. 수없이 만수 엄마의 알몸을 보았음에도 그 순간 몹시 부끄럽고 민망했다.

만수는 밥을 다 먹고 난 후 나를 욕실로 데려갔다. 스물세평짜리 아파트의 욕실은 욕조와 세면대, 변기만으로도 꽉 찬 듯한 느낌을 주었다. 만수는 좁은 욕실에 들어가 옆면에 물때가 낀 푸른색 욕조를 쓰다듬으며 배시시 웃었다.

"누나, 이거 좋지? 이거는 우리 식구들만 쓰는 거야. 나 이렇게 욕조 있는 집에 처음 살아봐. 우리 새로 짓는 살림집에도 욕조는 안 넣는대."

목욕탕집 아들이 욕조가 왜 필요하냐며 만수 엄마가 핀잔을 놓았다. 새로 짓는 찜질방에는 온탕, 열탕, 이벤트탕, 한방탕 등 훨씬 더 다양한 욕탕 시설을 들여놓을 것이라고도 했다. 재개업을 준비 중인 찜질방 시설에 대한 자랑을 늘어놓는 만수 엄마의 말을 심드렁한 표정으로 들으며, 나는 찌개 냄비에 숟가락을 담갔다. 국물이 흥건한 된장찌개는 맹탕이었다.

엄마는 필리핀에서 하루걸러 한번씩 전화를 걸어왔다. 전화기 너머로 엄마의 음성이 흐릿하고 피로하게 와닿았다. 나는 엄마가 그곳에서 머무르며 찾는 대상이 무엇인지 묻지 않았다. 대신 언제 돌아올 거냐고 매번 채근했다. 엄마가 이대로 돌아오지 않으면 어쩌나 두려웠다. 한편으로 나는 이미 혼자이며 이 사실은 엄마가 돌아와도 마찬가지일 것이라는 생각이 들기도 했다. 엄마가 없는 사이 나는 초경을 했다.

보름 만에 트렁크를 끌면서 나타난 엄마의 목에는 한줄의 붉고 짙은 상처가 걸려 있었다. 손자국인지 끈으로 눌린 자국인지 제대로 분간할 수 없는 붉은 상처를 보는 순간, 나도 모르게 몸서리를 치며 내 목을 감싸 쥐었다. 비쩍 마르고 피부는 새카맣게 탄 채로 눈망울만 커다래진 엄마는 한동안 얼빠진 얼굴로 현관 앞에 서서 나를 바라보았다. 엄마에게 말을 붙이려 했지만 입이 떨어지지 않았다. 엄마는 트렁크를 들고 안방으로 들어가버렸다. 그후 방에서 나오지 않고 스무시간을 내리 잤다.

나는 지금도 엄마가 필리핀에서 누구를 만났으며, 무슨

일을 겪었는지 알지 못한다. 다만 혼자서 초경을 겪는 것
보다는 훨씬 더 무섭고 외로운 일이었으리라고 짐작해볼
뿐이다. 그저 엄마가 무사히 돌아와서 다행이라고 생각하
면서 약국에 다녀왔다.

엄마는 남은 여름 내내 안방에 드러누워 꼼짝도 하지
않았다. 내가 사다준 약을 부지런히 목에 바르는 것 외에
는 아무것도 할 일이 없는 사람처럼 굴었다. 나는 엄마가
떠나 있을 때와 마찬가지로 혼자 밥을 먹었고, 혼자 생리
대를 사러 갔다. 찜질방이 완공되었을 때 이미 엄마 목의
상처는 흔적도 없이 사라졌다.

손끝으로 살짝 가을바람이 느껴질 무렵, 엄마는 다시
붉은색 브래지어와 팬티를 입고 새롭게 단장된 일터로 출
근했다.

8

중학교에 가서도 무용을 계속하기로 결심한 것은 머리
카락을 자유롭게 기르고 싶어서였다. 당시 내가 다니던
여중에서는 무용이나 연기를 전공하는 학생을 제외하고
는 귀밑 10센티 이내의 단발머리를 유지해야 했다. 교칙
을 지키기 위해서는 자주 미용실에 가야 했다. 나는 미용
실이 싫었다. 누군가가 내 뒷목과 어깨, 머리카락에 손을
대는 것이 끔찍하게 느껴졌다. 누군가의 손이 뒷덜미에
닿기라도 하면, 무의식적으로 어깨를 움츠리며 몸서리를

쳤다. 나와 친밀한 사람이라 하더라도 마찬가지였다.

입시반으로 넘어와 일대일 레슨을 받으면서 나는 꽤 애를 먹었다.

"어깨가 너무 뻣뻣하다 아이가. 어깨에 힘을 빼라! 퍼뜩!"

윤원장의 손이 내 어깨에 올라오자 그대로 굳으면서 몸에 힘이 더 들어갔다. 팔을 자연스럽게 들어 올려보라며 원장이 한쪽 팔을 잡으면 나머지 팔까지 경직되면서 동작이 더 어색해졌다. 평소에 잘되던 스트레칭 동작을 할 때조차도 내 몸에 원장의 손이 닿으면 허리가 끝까지 굽혀지지 않았다.

"굽히 봐라, 쫌! 니 이거밖에 안 되나? 더, 더, 해보라 카이."

내 몸은 더 굳어갔고, 등이 굽혀지기는커녕 점점 고개가 위로 올라왔다.

"이거 이래 갖고 되겠나. 내사 모르겠다. 내 니 근처에 얼씬도 안 하께. 꼴리는 대로 한번 춰봐라."

윤원장은 장구를 앞에 끼고 두드리면서, 장단에 맞춰

마음대로 춤을 춰보라고 했다. 나는 크게 숨을 한번 들이쉰 다음, 그동안 배운 동작을 응용해 민살풀이춤을 췄다. 장단과 장단 사이에 호흡을 조절하면서 손목을 꺾어 다양한 모양의 곡선을 허공에다 그리다보니, 나도 모르게 흥이 났다. 손바닥을 엎었다 뒤집었다 하며 노는 내 모습을 윤원장은 골똘하게 바라보았다.

원장이 얼쑤 하고 추임새를 한번 넣더니 좀더 빠른 자진모리로 장단을 바꿔 장구를 치기 시작했다. 나는 자세를 고쳐 잡고 바뀐 장단에 몸을 실었다. "더 씨게 놀아보자!" 원장이 소리쳤다. 장구 소리가 점점 커지면서 속도도 빨라졌다. 나는 잔걸음을 걷다가 휘몰아치듯 빠른 장단에 맞춰 빠르게 턴 동작을 했다. 치맛자락이 동심원이 커져가듯 넓게 펼쳐졌다. 숨이 차고 구토가 날 정도로 어지러웠지만 왠지 멈추고 싶지 않았다. 온몸이 땀으로 흠뻑 젖었다. 원장이 테를 딱 소리 나게 치며 장구를 멈추고 나서야 나는 턴을 중단했다. 제자리에 선 채로 거칠게 숨을 몰아쉬었다. 가쁜 숨소리를 따라 가슴이 높아졌다 낮아졌다. 원장이 말없이 나를 바라보며 씨익 웃었다. 원장의 얼굴과 목덜미로도 땀이 비 오듯 흘러내렸다. 그런 원장을 바라보며 웃었고, 조금 울었다.

그후로 원장은 내 몸에 절대 손을 대지 않았다. 교정하려 들면 들수록 춤이 좋아지지 않으니 장점을 살리는 방향으로 가는 것이 맞겠다고 했다. 그녀는 늘 한발짝 떨어져서 내 동작의 문제점을 지적하거나 시범을 보이는 방식으로 레슨을 이어나갔다. 몸이 풀리지 않는 날은 스텝부터 다시 가르쳤다. 나는 치마를 두르고 뒷짐을 진 채로 몇 시간이고 연습실을 뱅뱅 돌아야 했다. 발을 디딜 때마다 배에 힘이 들어갔다.

"몸에는 힘을 빼고, 배에만 힘이 들어가도록 계속 걸어 보래이. 오야, 그래 잘 한다. 고개 들고 시선은 앞으로, 옳지! 애가 터지도록 돌고 또 돌아 보래이. 그래 하다보면 억수로 가벼워지든지 무거워지든지 둘 중에 하나는 된다 아이가."

대학 입시를 준비하면서 나는 유명 교수의 레슨을 따로 받지 않았다. 비용도 부담스럽거니와 어차피 별 소용이 없으리라는 것을 알았기 때문이다. 대신 윤원장과의 레슨에 집중했다. 다행히 윤원장이 짜준 15분짜리 승무 공연으로 큰 대회에서 입상한 덕분에 엄마가 바라던 대학에 입학할 수 있었다.

경축. 본원 출신 김유라 E여대 합격!

상가 2층 무용학원 유리창에 내 이름이 적힌 현수막이 걸렸다. 그러나 길 건너 24시만수불가마사우나 건물 벽면에 세로로 길게 늘어뜨려진 대형 현수막이 더 크게 눈에 띄었다.

축. P초등학교 이만수 대통령배 전국야구대회 MVP 수상!

목욕탕을 찾은 여자들은 경사가 겹쳤다며 호들갑을 떨었다. 엄마에게는 영부인들이 나온 명문 여대에 딸이 합격했으니 한턱내야 한다고 추켜세웠고, 만수 엄마에게는 대통령상 수상이 평생에 한번 있을까 말까 한 가문의 영광이라고 말했다. 엄마는 좋을 게 뭐가 있냐고 손사래를 치면서도 돌아오는 휴무일에 밥을 사겠다고 약속했고, 만수 엄마는 앞으로 만수가 미국 대통령도 알아보는 메이저리거가 될 거라며 들뜬 목소리로 말했다.

돌이켜보면 그때가 나와 만수에게는 가장 빛나던 시절

이었던 듯하다. 두 엄마들 모두 한껏 부푼 꿈을 안고 잠들던 나날이었다. 대학에 입학한 지 1년쯤 지났을 때 목욕탕 입구에서 만수를 만난 적이 있다. 중학생이던 만수는 그때 이미 나와 키가 엇비슷했다. 나는 길 건너 카페에서 만수에게 아이스크림을 사주었다. 카운터에서 아이스크림을 받아들고 오는 만수의 걸음걸이가 영 시원찮아 보였다. 만수는 뒤뚱거리며 걸어와 아주 천천히 자세를 낮추며 의자 끝에 겨우 걸터앉았다. 나는 미간을 찌푸렸다.

"왜 그래? 맞은 거야?"

"별거 아냐. 코치님한테 단체 기합 받았어."

만수는 아이스크림을 느리게 입에 떠 넣었다. 나는 스푼을 테이블에 놓은 채 녀석의 얼굴을 걱정스럽게 바라보았다.

"별거 아니긴. 심해 보이는데? 빠따로 맞은 거 맞지? 부모님한테 말씀드려야 하는 거 아니야?"

"말씀드리면 뭐? 뭐가 해결되나? 야구 관둘 거 아닌 이상은 그냥 참아야 해. 다들 그렇게 운동 배우는 거야."

"그렇게까지 해서 야구를 계속해야 하는 거야? 넌 야구가 그렇게 좋니?"

"딴거 할 것도 없잖아? 누나, 나는 이 구질구질한 변두리 동네를 뜨는 게 꿈이야. 온갖 사람들이 다 드나들면서 나더러 알은체하는 찜질방도 싫고…… 기억나? 난 혼자 욕조 쓰는 게 꿈이라니까. 이왕이면 졸라 큰 걸로!"

달콤한 아이스크림을 입에 물고 있는데도 입맛이 씁쓸했다.

9

엄마에게는 엄마가 없다. 언제부터 없었는지는 모르겠다. 엄마는 그런 이야기를 하는 것을 싫어한다. 어린 시절 내가 왜 엄마가 없느냐고 물었을 때 엄마는 쏘아붙이듯 답했다.

"그럼 넌 왜 엄마가 있는데? 누군가는 엄마가 없을 수도 있지. 있는 게 고마운 거고, 없는 이유를 따질 일은 아니지."

따진 건 아니었다고 말하고 싶었는데 입을 씰룩여도 내

가 하고 싶은 말은 튀어나오지 않고 눈에 눈물만 고였다. 엄마는 장난스럽게 웃으며 내 겨드랑이를 간질였다.

"혼낸 거 아니야. 우리 유라는 좋겠다, 엄마가 있어서."

갑작스러운 간지럼 공격에 나는 몸을 빼면서 달아났다. 엄마는 내가 아빠를 닮아서 간지럼을 잘 탄다며 또다시 크게 웃었다. 엄마는 내게서 죽은 남편의 흔적을 발견할 때마다 좋아했다. 사랑이나 그리움과는 다른, 엄마 나름의 애도 방식이었다. 너희 아빠도 너처럼 발가락이 길었지, 넌 아빠를 닮아서 머리카락이 가늘고 힘이 없어,라고 말하며 혼자 웃을 때의 엄마는 조금 덜 외로워 보였다. 나를 혼자 만들어 키우고 있는 게 아니라는 걸 확인하고 안도하는 것처럼 보였으니까.

내 생김새는 엄마를 닮은 듯하면서도 닮지 않았다. 냉정하게 평가하자면 나는 '생기다 만 오혜자' 같았다. 이목구비의 모양이나 위치는 대충 비슷해 보였지만 엄마처럼 인상이 또렷하지 않아 느낌이 전혀 달랐다. 그건 선이 연하고 피부가 하얀 아빠의 영향 탓이었으리라. 사진상으로 확인한 아빠는 나처럼 얼굴이 희멀겋고 코끝이 뭉툭했다.

아빠는 내 얼굴에서 엄마의 흔적을 흐릿하게 만들어놓는 방식으로 내게 자신의 흔적을 남겨놓고 떠났는지도 모르겠다. 말주변도 없고, 어디 나가서 하고 싶은 말 한마디 시원하게 못하는 내 성격 또한 아빠를 닮았으리라고 짐작하곤 한다. 자라면서 아빠가 왜 없느냐는 사람들의 질문을 받을 때마다 엄마에게 배운 대로 쏘아붙여주고 싶었지만, 번번이 하고 싶은 말이 제대로 나오지 않아 어버버했다.

엄마는 복잡한 상황을 수다스럽지 않게 한마디로 정리하는 재주가 있었다. 초등학교 1학년 때 엄마는 내가 가정환경조사서의 보호자 직업란에 '때미리'라고 써놓은 걸 보고 인상을 썼다. 당시 나는 한글을 제대로 떼지 못하고 입학했던 터라 받침을 쓰는 데 서툴렀다. 엄마의 지적을 받고서야 오류를 깨달은 내가 '미'자 아래에 ㄹ받침을 써넣었다. 내 딴에는 엄마의 일을 덜어주려 내가 쓸 수 있는 항목을 대신 써준 것이었는데 오히려 엄마는 화를 냈다.

"그게 아니잖아! 때밀이라고 그대로 쓰면 어떡해?"

엄마는 필통에서 지우개를 꺼내 '때밀이'라는 단어를 지웠다. 종이 위로 까만 지우개 때가 묻어나왔다.

"그럼 뭐라고 써?"

울상을 짓는 내게 엄마가 단호한 표정으로 말했다.

"자영업. 난 자영업자야, 알겠니?"

나는 자영업의 뜻을 몰랐다. 하지만 엄마가 자영업이라는 단어를 내뱉었을 때, '업' 하고 끝음절을 힘주어 발음하는 엄마의 표정에서 느껴지는 단호함이 좋았다. 그날 밤 나는 받침을 실수하지 않기 위해 자영업이라는 단어를 열번 넘게 공책에 쓰면서 외웠고, 그후로 엄마의 직업을 밝혀야 하는 모든 서류에 자영업이라고 썼다.

재래시장을 길 건너편에 둔 만수불가마사우나에는 자영업을 하는 시장 상인들이 많이 드나들었다. 장사를 마치고 여탕으로 들어오는 순간부터 끙끙 앓는 소리를 해대는 시장 아줌마들은 다른 손님들에 비해 목욕탕에 머무르는 시간은 적었지만 짧은 시간 내에 때를 밀고 마사지를 받고 부항까지 뜨며 적극적으로 돈을 쓰는 편이었다. 적극적으로 돈을 쓴다는 것이 돈을 쉽게 쓴다는 것을 의미하지는 않았다. 돈에 가장 예민하게 반응하는 손님들 또한 시장 상인들이라, 엄마는 그들 사이에서 때밀이 값이

아깝다는 말이 나오지 않도록 최선을 다했다.

개중에는 큰손도 있었다. 엄마가 선녀탕에 들어와 처음 때밀이를 시작할 때부터 인연을 맺어온 오회장은 시장 상인들 중에서도 돈이 많다는 소문이 자자했다. 그녀는 젊은 시절 일본을 오가며 보따리장사를 해서 번 밑천으로 시장 안에 점포를 얻어 30년 넘게 '마마수입상회'를 운영 중이었다. 일본에 아들이 있다고는 했지만 그 아들을 본 사람은 아무도 없었고 남편에 대해서는 존재 여부조차 알려진 바가 없었다. 부유한 일본인의 현지처였다는 소문, 조총련 출신이라는 소문 등 그녀의 과거에 대해 여러가지 말이 떠돌았지만 확인된 것은 아무것도 없었다. 오회장과 그나마 친한 사람이 엄마였는데, 엄마도 그녀의 과거사에 대해서는 거의 알지 못했다.

때밀이 일을 처음 시작할 때의 엄마는 모든 것이 서툴렀다. 때를 미는 자세도, 손님들을 대하는 표정도 어색했고 그것을 숨기기 위해 최대한 입꼬리를 끌어당겨 웃으며 묻지도 않은 말들을 늘어놓곤 했다. '피부관리숍' 원장의 말투를 버리지 못한 채 엉거주춤한 포즈로 비누칠을 하고 있는 엄마에게 오회장은 무표정하게 말했다.

"말을 너무 많이 하지 말게."

"네?"

"때밀이가 때만 씻어주면 되지, 뭐하러 마음까지 닦아주려고 하나. 자네가 모르나본데, 때를 잘 밀어주면 마음까지 말끔해지는 기분이 들어."

오회장은 그 시절 때도 못 밀고 요령도 없던 엄마를 찾아와 일주일에 두번씩 때를 밀었다. 어떤 달에는 이틀에 한번씩, 일주일에 세번이나 때를 밀기도 했다. 엄마가 왜 이렇게 자주 오시냐고 물었을 때 오회장은 무덤덤한 어투로 답했다.

"내가 원래 때가 많네. 나라시*는 자주 해줄수록 좋아."

엄마 말에 따르면 오회장은 몸 전체에 유분기가 많고 각질이 두꺼운 편이라 실제로 때를 자주 밀어줘야 하는 타입이기는 했다. 하지만 그보다 더한 사람도 오회장처럼

* '나라시(ならし)'는 일본어로 '평평하게 고르게 한다'는 의미인데 일부 지역에서는 때를 미는 행위나 세신사를 일컫는 말로 쓰이기도 한다.

72

일주일에 두세번씩 세신사에게 때를 밀지는 않았다. 엄마는 필요 이상의 동정을 받는 게 아닐까 생각했지만 당시에는 이것저것 따질 형편이 아니었다. 거금을 들여 때밀이 자리를 샀는데 손님이 좀처럼 늘지 않아 냉가슴을 앓던 시절, 오회장이 큰 힘이 됐다는 이야기를 엄마는 지금까지도 하고 있다.

"너무 장사가 안되는 날이라 너한테 짜장면 한그릇이나 사줄 수 있을까 걱정을 하고 있던 참인데 그날 회장님이 저녁에 가게 문을 일찍 닫고 목욕탕에 온 거야. 너무 신이 나서, 정말 신나게 때를 밀었어. 때수건이 저절로 날아다니는 것 같았다니까."

엄마는 물론 다른 시장 사람들도 오회장에게는 깍듯하게 존칭을 썼다. 누구 엄마나 가게 상호, 이도저도 아닌 사람들은 아줌마나 언니로 불리는 여탕에서 오회장만 왜 회장님으로 불리는지는 나도 모른다. 그녀의 가게 이름이 수입상회라서? 아니면 상인번영회 회장을 맡았던 이력 때문에? 재벌 회장님 같은 카리스마가 있어서? 몇가지 그럴듯한 이유를 생각해봤지만 딱 떨어지는 답은 없었다.

어쩌면 속내를 잘 내보이지 않고, 상대방을 어렵고 불편하게 만드는 그녀를 비꼬려는 의도로 부르기 시작한 '회장님'이라는 호칭이 굳어진 것인지도 모르겠다. 오회장은 자신이 저잣거리의 장사치들과는 다르다는 태도를 보였다. 양반집 마나님 같은 문어체 말투는 종종 비웃음을 샀지만 그녀를 함부로 대할 수 없게 하는 보호막이 되기도 했다. 시장 여자들은 마마수입상회에서 파는 것들은 시장에서 파는 싸구려 물건들과 다르다고 대놓고 말하는 오회장을 눈꼴사납게 여기면서도 수입상회의 쇼윈도 앞에 꼭 한번씩 멈춰 서게 됐다. 시장 리어카에서 파는 발걸레가 아닌 보드라운 러그를, 앞치마가 아닌 일제 에이프런을, 고무장화가 아닌 레인부츠를, BYC가 아닌 와코루를 하나쯤은 가지고 싶은 여자들이 수입상회를 찾았다. 오회장은 스스로의 안목에 자부심이 컸다. 마마수입상회에서 한번도 쇼핑을 하지 않은 사람은 있어도 한번 물건을 사고 발길을 끊은 사람은 없다고 자랑하곤 했다. 엄마는 형편이 조금 피면서 마마수입상회의 단골이 됐다. 처음에는 오회장에게 신세를 갚으려는 것이라고 했지만, 마마수입상회

에서 소소한 물품들을 사들이는 재미에 흠뻑 빠지고 말았
다. 배달 음식을 급하게 먹는 일이 잦았던 엄마에게 일제
소화제는 상비약이나 마찬가지였고, 오회장이 권하는 습
진 크림이나 수입 화장품도 조금 망설이다가 결국은 집어
들었다.

　물론 엄마가 가장 많이 사들인 건 내 물건이었다. 48색
포켓몬스터 물감, 노란색 피카츄 우비, 천사소녀 네티가
밝게 웃고 있는 필통 등 주로 만화 캐릭터가 그려진 상품
이었다. 오회장은 그것들이 모두 일본이나 미국에서 공
수한 정품이라는 것을 강조했다. 처음에는 만화 속 주인
공을 내 손에 잡히는 물건으로 만날 수 있다는 것에 들떴
다. 책가방 안에 일제 학용품을 한가득 넣고 등굣길에 나
설 때면 뿌듯한 마음이 들기도 했다. 하지만 그런 마음은
오래가지 않았다. 학년이 올라갈수록 엄마가 사주는 마
마수입상회 물건들이 유치하게만 보였다. 소풍이나 체험
학습을 가는 날이면 엄마는 손이 많이 가는 김밥 대신 대
충 뭉친 주먹밥과 단무지를 분홍색 키티 도시락에 싸주었
다. 화려한 용기에 비하면 그 안에 담긴 내용물은 별 볼 일

없던 도시락을 내놓기가 부끄러워 나는 키티 얼굴 모양의 도시락 뚜껑을 덮어놓은 채 살짝 열린 틈으로 숟가락포크를 넣어 조금씩 밥을 퍼먹었다. 점심밥을 왜 남겨왔냐는 엄마의 물음에는 입이 없는 키티처럼 아무 대답도 하지 않았다. 투박한 찬합이 넘칠 정도로 김밥을 싸오는 다른 아이들의 도시락이 부러웠다는 이야기를 할 수 없었으니까. 분홍색 가방에 담긴 키티 도시락과 보온병 세트를 생각하면 지금도 배가 고파진다. 그것은 내 허기가 아니라 엄마의 허영을 채우기 위한 도시락이었다. 엄마가 내게 무용을 가르쳤던 것도 그런 종류의 허영이었다는 것을 안다.

10

오회장은 나를 볼 때마다 수입산 비스킷이나 초콜릿을 줬다. 내가 우물쭈물하며 받기를 주저하면 "할머니가 주는 거니 받아도 괜찮단다"라고 말했다. 엄마가 자신과 같은 해주 오씨라 수양딸로 삼기로 했으니 나는 손녀가 되는 셈이라고도 했다. 하지만 엄마는 그런 약속을 한 적이 없다. 그저 오회장이 엄마를 딸 삼고 싶다고 했을 때 대답을 제대로 하지 않았을 뿐이다. 내가 오회장의 호의를 달갑지 않게 느낀 건 그녀에게 특별한 반감이 들어서가 아

78

니라, 여탕에서 젖은 손으로 먹기에는 적절하지 않은 군 것질거리를 주었기 때문이다. 엄마는 여탕 탈의실에서 과 자 따위를 먹는 것을 극도로 싫어했다. 과자 부스러기가 젖은 바닥에 떨어지면 그 상태로 바닥에 흡착돼 굳어갔 다. 누군가 탈의실에 흘려놓고 간 과자 조각을 치우려 바 닥에 쪼그려 앉아 긁어내다시피 하고 있는 엄마를 몇번 본 후로는 나도 군것질을 하고 싶은 마음이 싹 가셨다. 엄 마는 탈의실에서 다른 아이들이 과자를 먹고 있는 걸 보 면 꼭 쫓아가 참견을 했다. 단것을 많이 먹으면 이가 썩고 암에 걸리기 십상이라고 겁을 줄 때마다 아이들은 입을 삐죽였다.

수입 과자를 입에 달고 다니던 오회장이 암에 걸렸다 는 이야기를 들었을 때, 나는 엄마의 평소 예언이 실현된 것만 같아서 소름이 돋았다. 다른 손님들에게는 마사지를 하면서 멍울이 만져진다며 병원에 가보라고 권하기도 했 던 엄마는, 정작 자신에게 오랫동안 몸을 맡겨온 오회장 의 가슴에서 유방암의 징후를 미리 찾지 못한 것을 자책 했다. 오히려 오회장은 담담했다.

"괜찮네. 치밀유방이라 병원에서도 발견하기가 어려웠다고 하는데 자네가 무슨 수로 아는가. 수술하면 큰 문제 없다고 하네."

오회장은 수술을 받기 전날에도 사우나를 하고 엄마에게 세신을 맡겼다. 목욕이 끝난 후 드라이기에 백원을 넣고 뜨거운 바람이 끊기자 또다시 백원을 더 넣고 오래도록 머리를 말리던 오회장을 보면서, 이제 앞으로 그녀를 여탕에서 만나기는 어렵겠다고 생각했다.

마마수입상회는 문이 열렸다 닫혔다 했다. 오회장은 입원과 통원 치료를 반복하면서도 쇼윈도에 새로운 물건을 내놓았다. 가게에 들른 엄마에게 그녀는 암세포 크기가 생각보다 크지 않았고 수술이 잘되었다고 밝게 웃으며 말했다. 그러고는 수술 후 반년쯤 지나자 예전과 다를 바 없는 무덤덤한 얼굴로 목욕 가방과 작은 손가방을 든 채 여탕에 나타났다. 체중도 빠르게 회복됐고 수술 경과가 좋아 따로 항암치료도 받지 않았다는 오회장은, 목소리도 걸음걸이도 그대로였다. 다만 오른쪽 유방이 사라졌다는 것만이 과거와 달라진 점이었다.

오회장은 오른쪽 가슴과 갈비뼈의 경계면에 예리한 낫 자국처럼 보이는 붉은 상처를 훤히 드러낸 채 여탕 안으로 천천히 걸어 들어갔다. 의식하지 않으려 하면서도 시선이 그쪽으로 가는 것 또한 어쩔 수 없었다. 그날따라 여탕은 유난히 조용했다. 다른 손님들은 내색은 하지 않았지만, 오회장의 변화를 의식하고 있었다. 시끄럽게 수다를 떨지도 않았고, 물을 세게 튀기며 씻지도 않았다. 오회장이 먼저 아는 얼굴들에게 인사를 건넸다. 몇몇 사람들이 괜찮으시냐고 약간은 떨리는 목소리로 안부를 물었고, 오회장은 고개를 끄덕였다. 그녀는 평소와 다름없이 탕 속에 몸을 담근 채 반신욕을 했고, 때가 적당히 불은 후에는 목욕 침대 위에 누웠다.

엄마의 때수건은 평소처럼 매끄럽게 오회장의 몸 위에서 움직이지 못했다. 상처 부위 근처에서 손을 멈추며 난감한 표정을 짓는 엄마에게 오회장이 먼저 농담을 건넸다.

"젖이 한쪽 없어서 그만큼 일이 줄었지? 그럼 자네가 그만큼 할인을 해줘야지."

"어머 회장님, 그런 게 어디 있어요? 40킬로든 100킬로든 저는 다 똑같이 받아요."

엄마가 희미하게 웃으며 대꾸했고, 때수건을 끼운 손
에 조금 더 힘을 준 채로 그녀의 묵은 때를 벗겨내기 시작
했다.

오회장은 여탕에 출석 도장을 찍다시피 하던 투병 전의
일상으로 돌아갔다. 아니, 예전보다 더 열심히 사우나를
다녔다. 암 환자에게 찜질이 좋다며 매일 불가마찜질방에
서 땀을 빼고 지하 1층 여탕으로 내려왔다. 오른쪽 가슴
아래에 보이는 수술 자국은 그대로였지만 시간이 지날수
록 붉은 색깔이 옅어지면서 처음에 봤을 때처럼 징그럽다
는 생각은 들지 않았다. 아니, 그것을 징그럽다고 생각한
것 자체가 잘못이라고 여기게 됐다. 이제 여탕에서 그녀
의 수술 전력을 모르는 사람은 아무도 없었고, 그것을 이
상하게 바라보거나 불편해하는 사람도 없었다. 오회장은
입구에 들어오자마자 정면에 보이는 열탕 중앙에 앉아 양
팔을 욕조 턱에 올려놓은 채 노래를 흥얼거리며 반신욕을
했다. 그 자리는 공기방울 마사지를 가장 편하게 즐길 수
있는 명당이었다.

이상한 일이었다. 이후로 여탕에 유방암 수술을 한 여자들의 출입이 늘기 시작했다. 갑자기 동네에 유방암 환자가 증가한 건 아닐 텐데 병력을 숨기며 목욕탕 출입을 꺼리던 여자들이 어느날부터 아무렇지 않게 나체를 드러내고 서로 수다를 떨고 있었다. 그들은 절단된 가슴 부위를 훤히 드러낸 채 서로의 수술 경험을 공유하고 수술을 받았던 대학병원 의료진에 대한 정보를 나눴으며 재발을 막기 위해서는 찜질이 필수라거나 두부를 매일 먹어야 한다는 등 수술 후 몸 관리에 대해서도 길게 이야기를 나눴다. 암 투병에 관한 화제가 펼쳐지면 경험자가 아닌 여자들도 끼어들어 한마디씩 첨언하기도 했다. 유방암 수술처럼 병력이 확연하게 드러나지 않았지만 자궁 적출 수술을 하거나 관절 수술을 경험한 아줌마나 할머니들도 꽤 많았다. 서로의 수술 자국을 보여주며 과거에 얼마나 아팠는지, 지금도 어떻게 아픈지 상세하게 늘어놓는 여자들이 모인 여탕의 광경을 보면 여성종합병원 대기실이 떠오를 정도였다. 발길을 끊었던 손님들이 과거에 없던 수술 자국을 몸에 새긴 채 다시 여탕을 찾으면서 엄마의 수입이 조금

늘기도 했다. 물론 엄마가 신체의 한 부위나 장기의 일부
가 없는 손님이라는 이유로 할인을 해주는 법은 없었다.

나는 그때서야 여탕이 온갖 사람들이 구별 없이 드나
드는 곳처럼 개방되어 있어도 가만히 들여다보면 멀쩡한,
너무도 멀쩡한 몸을 가진 사람들만 자신 있게 벌거벗은
채 걸어 다닐 수 있는 곳이란 게 눈에 보였다. 목욕탕에서
는 체력 소모가 컸다. 대중탕은 그것을 기꺼이 감당할 수
있는 사람들만 오갈 수 있었다. 여탕 입구 유리문에는 전
염병 환자와 음주자의 출입을 금하고 뇌심혈관 질환자와
노약자의 각별한 주의를 요한다는 안내 문구가 붙어 있었
다. 가끔 혼자 걷는 것도 힘겨울 정도로 노쇠한 노인들이
보호자의 부축을 받으며 느린 속도로 여탕으로 들어오기
도 했다. 어렵사리 여탕을 찾은 노인들은 대부분 딸의 손
을 잡고 있었다. 오회장은 그런 노인들을 항상 부러운 눈
길로 바라보곤 했다. 암을 앓고 난 후로 딸 가진 사람이 세
상에서 제일 부럽다는 말을 대놓고 하기도 했다.

"딸이 없으니 나는 돈이라도 있어야지. 자네는 딸이 있
으니 얼마나 좋을꼬."

"딸이 있어도 돈은 있어야 해요."

딸과 돈은 엄마의 삶에서 가장 중요한 두가지였다.

오회장은 나를 볼 때마다 자신을 진짜 할머니처럼 생각하라고 말했다. 내가 할머니라는 호칭을 얼마나 불편해하고 어려워하는지 모르고 하는 소리였다. 엄마에게는 비밀에 부쳤지만 초등학교 시절 친할머니가 학교로 찾아온 적이 여러번 있었다. 나를 만나고 간 적도 있었고, 멀찌감치 서서 나를 바라보기만 한 날도 있었다. 학교 앞 분식집에서 떡볶이를 앞에 두고 할머니는 내가 원하면 언제든지 할머니 할아버지와 살 수 있다고 말했다. 나는 입가에 붉은 양념장을 묻힌 채로 고개를 저었다.

"그렇게 엄마가 좋으니? 엄마가 잘해줘?"

이어지는 할머니의 질문에는 대답 대신 고개를 떨구었다. 엄마가 항상 좋은 것도 엄마가 내게 마냥 잘해주는 것도 아니었지만, 엄마 아닌 사람과 가족을 이루고 살 수 있다는 건 상상조차 해본 적이 없었다. 게다가 그 당시 엄마는 친가 쪽에서 나를 데려갈지도 모른다는 공포에 사로잡혀 있었다. 그래서 그들과는 최대한 먼 곳으로 나를 데리고 갔는지도 모르겠다. 빚쟁이나 엄마의 지인들이 흔적조차 찾을 수 없는 곳으로. 여탕에서 엄마는 그저 때밀이 아줌마일 뿐 엄마가 과거의 오혜자라는 사실은 아무도 몰랐으니까.

언젠가 엄마가 지나가는 말로 "딸이 아니라 아들이었다면 너를 빼앗겼을지도 모른다"라며 쓸쓸하게 웃었던 적이 있다. 재혼을 권하는 사람들에게도, 이 험한 세상에 아들도 아니고 딸아이를 데리고 어떻게 재혼을 하느냐며 사양했다. 그후로 가끔 내가 딸이 아니었다면, 남자로 태어났다면 어땠을까 상상한 적이 있다. 적어도 엄마가 여탕에서 때밀이 일을 하지는 못했겠지, 사내아이를 이곳에 데려와 같이 살면서 홀딱 벗겨놓고 키울 수는 없었을 테니. 하지만 상상은 그 이상으로 진전되지 못했다. 다른 성별로 태어난 나를, 때밀이가 아닌 엄마의 삶을 이제는 상상할 수 없게 된 것을 안정이라고, 정착이라고 부를 수 있는 걸까.

11

만수는 찜질방 바닥에 떨어진 회색 수건을 한 손으로 줍고 있었다. 한쪽 팔은 깁스를 한 상태였다.

"어이, 유라짱. 오랜만이야. 안 본 사이 더 예뻐졌는데?"

만수는 손에 든 수건이 장삼 자락인 양 큰 동작으로 흔들며 알은체를 했다. 일본의 야구 명문고로 유학을 떠났던 만수가 부상을 당해 귀국했다는 소식이 동네에 퍼진 지는 오래였다. 못 본 사이 고개를 숙여 나를 내려다볼 정도로 키가 훌쩍 컸고, 몸이 여문 느낌이었다.

"누나한테 말버릇이 그게 뭐야? 팔은 왜 그래? 많이 다친 거야?"

"같이 늙어가는 처지에 뭘 그리 팍팍하게 구십니까요. 내 얘기 못 들었어? 나 어깨 아작나서 다 때려치우고 한국 왔잖아."

만수는 붕대가 칭칭 감긴 어깨를 가리키며 피식 웃었다.

"이제 일본은 다시 안 가는 거야? 그럼 학교는?"

"일본이고 한국이고 받아주는 학교가 있어야 가지. 당분간은 병원도 계속 다녀야 하니까 집에 있으려고."

"괜찮아? 여기 나와서 이러고 있을 게 아니라 쉬어야 하는 거 아니야?"

"하나도 안 괜찮아. 졸라 심심해. 입으로만 걱정하지 말고 나랑 좀 놀아주든가. 내가 오죽 심심하면 이렇게 찜질방에서 뺑이를 치고 있겠냐?"

그후로 만수는 걸핏하면 내게 연락을 해왔다. 안쓰러운 마음에 담배 심부름을 한번 해준 것이 화근이었다. 만수는 담배가 떨어질 때마다 대신 담배를 사다달라고 졸랐다. 귀찮아서 전화를 받지 않으면 받을 때까지 수십통씩 걸어대는 통에 휴대전화 배터리가 남아나지 않을 정도였다. 만수는 내가 올 때까지 찜질방 주차장에서 밤새도록 기다리겠다고 엄포를 놓은 메시지를 보내기도 했다. 만수가 그렇게까지 나오면 나는 결국 야멸차게 거절하지 못하고 슬리퍼를 질질 끌며 집을 나서곤 했다.

"아, 이제 살 거 같다. 진짜 유라쨩밖에 없어. 고마워."

말보로 한갑을 받자마자 재빠르게 껍질을 벗겨 한개비 꺼내 물며 녀석이 말했다. 찜질방 건물 뒤편의 주차장 구석에 쪼그리고 앉아 있는 꼴이 영 볼썽사나웠다.

"근데, 여기서 이래도 되는 거야? 누가 보면 어쩌려고."

"괜찮아, 어두워서 누군지 잘 몰라. 어딜 봐서 내가 고등학생이야? 일본에서는 신분증 없이도 담배 쉽게 샀는데, 이 동네에서 내가 목욕탕집 아들인 거 모르는 사람이 없으니 이깟 담배 한갑 사 피우기도 졸라 빡세다니까. 아, 좋다."

만수가 담배 연기를 내뿜으며 몽롱한 눈길로 내 얼굴을 바라보았다. 나는 손바닥을 휘휘 저으며 얼굴에 닿는 연기와 시선을 걷어냈다.

"그렇게 좋냐? 그리고 이렇게 한갑씩 얻어다 피우면서 사람 귀찮게 하지 말고, 차라리 한보루씩 사놔. 내가 한보루 사다줄까?"

"뭘 몰라도 한참을 모르시네. 담배 쟁여놨다가 우리 부모님한테 걸리기라도 하면, 그땐 어쩔 거야? 그러면 나뿐만 아니라 유라짱도 박살나는 거라고. 그리고 말이야, 나는 늘 이렇게 새 담배 한갑을 손에 쥘 때마다 결심을 해. 시바, 그래. 내가 이거 한갑만 다 피우고 끊는다! 늘 그렇게 결심을 한다고요."

"니가 픽이나 끊겠다."

주차장 한구석에 15인승 은색 승합차가 서 있었다. 그 차는 언제나 찜질방 건물 뒷벽과 가장 가까운 주차 라인에 있다. 옆면에 '24시만수불가마사우나♨'라고 적힌 스티커가 붙어 있는 그 승합차는, 만수가 초등학교 6학년 되던 해 야구부 주장이 되었을 때부터 이곳 주차장에서 한자리를 차지해왔다. 사장 아저씨, 그러니까 만수 아버지는 그 차로 만수네 학교 야구부 아이들을 곳곳으로 실어 나르느라 바빴다. 차의 목적지는 인근의 다른 학교 야구부

91

연습장이 되는 경우가 가장 많았다. 때로 그 승합차는 실제 시합이 벌어지는 동대문운동장으로 향하기도 했고, 주말의 프로야구 경기장으로 경쾌하게 달리기도 했다. 만수 아버지는 지방 전지훈련 캠프까지 장거리 운전도 마다하지 않았다.

일주일에 한번씩 승합차에 가득 차 실려온 야구부 아이들이 남탕으로 쏟아져 들어갔다. 누렇게 먼지가 낀 유니폼을 입은 채 찜질방 입구로 뛰어 들어오는 사내아이들에게서 시큼한 냄새가 풍겼다. 걸걸한 목소리의 변성기 소년들이 사우나 입구 카운터 앞에 몰려들어 웅성대는 소리를 듣고 있노라면, 동물의 왕국에 온 것만 같았다. 아이들에게 줄을 서라고 소리를 빽 질러대며 로커키와 수건을 순서대로 나눠 주는 만수 엄마의 모습을 보면서 엄마는 이맛살을 찌푸렸다.

"그나마 만수가 아들인 게 다행이지. 딸을 낳아서 운동부라도 시켰으면, 여탕이 난장판이 됐을 게다."

만수가 중학교에 들어가서도 승합차는 야구부 소년들을 여러차례 태워 다녔다. 아들이 일본으로 떠난 후에도 만수 아버지는 차를 팔지 않았다. 종종 단체 손님들을 태우러 오라는 요청이 있다는 핑계를 댔지만, 속으로는 나중에 만수가 프로선수로 데뷔하게 되면 이 차에 동네 사람들을 태워 잠실야구장으로 응원을 갈 꿈에 부풀어 있다는 걸, 알 만한 사람들은 다 알았다.

만수가 유학을 떠난 후로 좀처럼 시동 걸 일이 없었던 만수네 승합차는 지난해 겨울, 오랜만에 시내 나들이를 했다. 내 졸업 작품 발표회를 찾은 손님들은 예상보다 많았다. 만수 아버지는 자신의 아내와 우리 엄마는 물론, 매점 언니와 윤원장, 무용학원 후배들까지 열명 남짓한 승객들을 싣고 공연장으로 왔다.

졸업작품인 전통무용극 〈심청〉에서 나는 여러 배역을 맡았다. 심청과 함께 해류를 타며 깊은 바닷속을 허우적거리는 해초가 되었다가, 물속에서 솟아오른 심청의 연꽃을 열어젖히고 주변을 빙글빙글 도는 선녀들 중 하나가 되기도 했다. 부녀 상봉이 이뤄지는 엔딩 무대에서는 잔치에 초대된 객이 되어 무대 가장자리에서 어깨춤을 췄다.

나를 보러 왔던 사람들은 자신이 가진 가장 좋은 옷을 차려입고 앉아 열심히 박수를 쳤지만, 정작 내가 어디에서 나타나고 사라졌는지조차 알지 못했다. 손님들 중에서 나를 정확하게 알아본 이는 엄마와 윤원장, 단 두 사람뿐이었다. 공연이 끝난 후 윤원장은 꽃다발을 안겨주며 나의 춤사위가 얼마나 아름다웠는지 찬사를 아끼지 않았다. 엄마는 굳은 얼굴로 나를 찾지 못했다고 말했다. 거짓말이었다. 나는 공연 도중 엄마와 눈을 마주쳤던 순간을 또렷하게 기억하고 있다. 그것도 아주 여러번.

채플이 열리는 붉은색 벽돌 건물 앞에 즐비하게 늘어서 있는 외제차와 고급 세단 사이에서 은회색 승합차는 단연 튀었다. 공연 후 뒤풀이에 참석해야 했던 나는 도깨비 같은 분장을 한 채 차에 탄 손님들을 배웅했다. 제 몸집보다 훨씬 작은 승용차들 사이를 비집으며 느릿느릿 학교를 빠져나가는 덩치 큰 승합차를 보면서 다리에 힘이 쭉 빠졌다.

나는 주인공에 뽑히지 못한 것이 그다지 서운하지 않았다. 안쓰러운 형편 때문에 이웃들의 동정을 받은 심청도 싫었고, 연꽃 위로 떠올라 왕후가 되는 바람에 동경의 대상이 된 심청은 더더욱 나와 어울리지 않았다. 무용극 속의 심청이 인당수 장면에서 한치의 망설임도 없이 차디찬 바닷속으로 뛰어드는 모습을 보면서 나는 이 무대는 어차피 거짓일 뿐이라고 냉소했다. 온탕에 몸을 담글 때조차 사람들은 조금씩 몸에 물을 묻힌 후 들어간다. 발끝이나 손끝으로 물의 온도를 확인한 후에 탕 속으로 조심스럽게 들어가는 벌거벗은 여자들을 보면서 나는 자랐다. 무용을 통해 인간의 몸이 얼마나 아름다운 곡선과 움직임을 보여줄 수 있는지 배우기 이전에 그저 몸은 몸일 뿐이라는 것을 먼저 알아채버렸다. 그것은 아름답지도 추하지도 않은, 끊임없이 씻겨주어야 하는 살덩어리에 불과하다. 하지만 이런 생각들이 오히려 나를 옭아매고 있었다. 자라면서 몸이 여자의 꼴을 갖춰갈수록 내 안에서는 망설임과 두려움이 커져갔고, 내 춤은 점점 더 무거워졌다.

12

오전 9시 전후로 여탕에는 출근 멤버들이 하나둘씩 나타나기 시작한다. 전용 개인 로커를 두고 매일 목욕탕을 찾는 중년 여성들의 사교 모임은 평일 오전 10시에서 12시 사이에 가장 활발해지는데, 얼음을 띄운 녹차를 마시며 피부 관리와 다이어트에 대한 정보를 나누다가 재테크와 사교육으로 화제가 옮겨가는 식이었다.

여탕 커뮤니티에서 입김이 가장 센 여자는 '수리부인'이었다. 수리부인은 길 건너 사거리에 위치한 하이레벨 수학 학원의 원장 부인으로 초등부 강의와 상담 업무를 담당하고 있었다. 나도 수포자가 되기 전인 중학교 2학년 때 그 학원을 잠깐 다닌 적이 있다. 그녀는 점수에 예민하게 굴면서 원장보다 더 극성맞게 학생들을 괴롭히는 바람에 원생들 사이에서 수리부인이라는 별명으로 불렸다. 하이레벨 수학 학원이 이 지역에서 빠르게 자리잡는 데에는 수리부인의 수완이 큰 역할을 했다. 학교 성적이 우수한 소수의 학생들을 모아 원장이 특별 지도하는 심화반을 만들어놓고 학부모나 학생이 제 맘에 들지 않으면 레벨이 낮은 반으로 강등시켜버리곤 하는 수리부인에게 학부모들은 돈을 내고 학원을 다니면서도 절절맸다. 처음부터 우등생만 모아놓아서 아이들의 성적이 잘 나오는 것임에도 심화반은 동경의 대상이 됐다. 수리부인은 특유의 카리스마와 입담으로 사람들의 마음을 들었다 놓았다 하는 데 능했고, 여탕에서 오가는 여러 정보의 중심에 있었다. 재테크와 사교육에 대해서는 전문가의 자질을 뽐냈으며, 동네에서 떠도는 각종 추문에도 밝았다.

문제는 엄마와 수리부인이 그다지 사이가 좋지 않았다

는 것이다. 이 목욕탕은 만수네 소유였지만, 목욕침대에서 지켜야 하는 룰은 엄마가 정했다. 계산은 선불이 원칙이었고, 아니면 로커 키를 맡겨야 했다. 엄마가 쓰는 샤워기 옆의 벽면에는 긴 열쇠걸이가 붙어 있었다. 로커 키를 맡기는 순서대로 때를 미는 순서가 정해졌기 때문에, 손님들은 목욕탕에 들어오자마자 열쇠걸이에 자신의 키를 걸어놓곤 했다. 키를 미리 맡기지 않아도, 때를 밀기 직전에는 로커 키를 내놓거나 현금을 가져와야 했다. 대부분의 여자들이 온탕에서 때를 적당하게 불린 상태에서 물 묻은 몸으로 탈의실에 나갔다가 다시 들어오는 것을 꺼렸지만 어쩔 수 없었다. 엄마의 룰에 따르지 않는 여자는 목욕침대 위에 누울 수 없었다.

"싫으면 밀지 마요. 여기 지금 다른 사람들 키 걸어놓은 거 안 보여요? 다들 이렇게 하고 있어요. 키를 맡기시든지 선불로 내시든지."

특별대우를 요구하는 수리부인에게 엄마는 퉁명스럽게 말했다.

"아니, 이봐 여탕! 이렇게 젖은 몸으로 어딜 나갔다 들어오라는 거야? 내가 나중에 준다잖아. 이 여자가 왜 이렇게 말귀를 못 알아먹어?"

수리부인은 대뜸 말을 놓으며 쏘아붙였다. 엄마도 지지 않고 대꾸했다.

"말귀 못 알아먹는 사람이 누군지 잘 모르겠네. 됐고, 나는 당신 같은 손님 안 받으니까 시끄럽게 하지 마요."

"야, 이게 보자 보자 하니까. 니가 뭔데 손님을 받고 안 받고를 결정해? 너, 내가 누군지나 알아?"

"나는 아줌마가 누군지는 전혀 관심 없고요. 로커 키 몇 번 손님인지, 나한테 키를 맡길 건지 말 건지만 궁금하거든요? 기분 나쁘다면 죄송하지만, 선불이 원칙이에요."

매일 목욕탕에 출근하다시피 하는 수리부인이 누구인지 엄마가 모를 리가 없었다. 사실 여탕에 오는 모든 손님들이 엄마에게는 아는 사람이자 모르는 사람이었다. 엄마에게 알몸을 맡기며 친해졌다는 생각으로 몇만원 외상을 하려는 단골에게도 엄마는 매몰차게 굴었다. 선불 요금을 내거나, 로커 키를 맡기거나. 엄마가 표독하다는 말을 들으면서까지 이 원칙을 고집하는 것은 더이상 그 누구에게도 속지 않기 위해서였다.

이후 나는 목욕탕에 수리부인이 나타날 때마다 긴장이 됐다. 그녀가 걸핏하면 엄마에게 시비를 걸었기 때문이다. 목욕탕 바닥이 너무 더럽다느니, 목욕의자에 물때가 끼었다느니, 물 온도가 너무 차갑거나 뜨겁다고도 트집을 잡았다. 그럴 때마다 엄마는 "그걸 왜 나한테 그래요? 청소 아줌마는 따로 있는데"라고 맞받아치면서도 그녀의 불만거리를 해결하려 애썼다. 샤워기를 틀어 타일 위에 뜨거운 물을 흩뿌린다든지, 카운터에 연락해 물 온도를 조절해 달라고 한다든지…… 손님이 뜸할 때는 직접 고무장갑을 끼고 목욕의자나 세숫대야 등속을 닦아대기도 했다. 수리부인을 포함해 엄마를 여탕이라고 부르는 사람들이 종종 있었다. 누군가 "어이, 여탕!"이라고 소리치며 엄마를 부르고, 거기에 아무렇지 않게 엄마가 호응할 때면 나는 찬물 세례를 맞은 것처럼 마음이 착잡해졌다.

한동안 보이지 않던 수리부인이 옷도 벗지 않은 채로 씩씩거리며 여탕에 들어와 엄마에게 소리를 지르던 순간, 공교롭게도 나는 습식 사우나실에서 땀을 빼고 있었다.

불과 10분 전 습식 사우나실에 모인 여자들이 미용소금을 각자의 몸에 비벼 바르며 수리부인에 대해 뒷담화할 때만 해도 그 불똥이 엄마에게 튈 줄은 몰랐다. 수학 학원 원장이 명문대 수학과 출신이라고 떠들썩하게 광고하더니 알고 보니 그 대학의 지방 캠퍼스 출신이었고, 남편과 캠퍼스 커플이었다고 자랑했던 수리부인은 그마저도 졸업한 적이 없더라고 수군대는 여자들의 이야기는 나와는 전혀 상관없었지만 여탕 커뮤니티에서는 꽤나 뜨거운 화젯거리인 모양이었다. "그만해, 유라 듣겠다. 나가서 이야기해." 이미 내가 다 듣도록 떠들다가 서로 눈짓을 주고받으며 사우나실 밖으로 나가는 여자들의 모습을 보며 나는 피식 웃음을 흘렸다. 혼자 남은 사우나실에서 다리를 곧게 펴고 앉아 스트레칭을 하려던 참이었다. 밖에서 들려오는 고성에 나도 모르게 다리를 멈칫하게 되었다.

"니가 그랬지? 소문낸 거 너지?"

옷도 벗지 않고 훈기가 가득한 여탕으로 들어온 수리부인은 금방 얼굴이 붉게 달아올랐다. 엄마는 때수건을 손에 낀 채 영문을 모르겠다는 표정으로 수리부인을 바라보왔다.

"바쁜 사람 붙잡고 갑자기 무슨 시비야?"

"여탕이 나한테 감정이 좋지 않은 줄은 알았지만 같이 자식 키우는 입장에서 이러면 안 되지. 누굴 망하게 하려고 작정했니? 너 인생 그렇게 살지 마. 그렇게 살면 죄받아. 결국 다 자식한테 가게 되어 있어."

"이 여자가 못 하는 소리가 없네. 왜 뜬금없이 남의 자식한테 악담이야?"

내 얘기가 나오자 엄마는 파르르 떨며 때수건을 벗어던졌다. 수리부인은 조금도 기세가 꺾이지 않은 채 엄마를 노려보았다.

"이봐, 여탕, 할 말 있으면 앞에서 해. 뒤에서 사람 우습게 만들지 말라고. 다들 그러던데, 여탕이 그러더라고. 니가 내 얘기 이상하게 하고 다닌 거잖아! 얻다 대고 말질이야?"

"여탕에서 들은 거겠지, 여탕한테 들은 게 아니라. 왜 이러는지 대충 짐작은 가는데, 따질 거면 번지수나 정확히 알고 제대로 따져. 그리고 그동안 참았는데 내가 왜 여

탕이니? 여탕은 호칭이 아니라 장소야. 좋은 학교 나왔다
고 뻐기더니 그것도 모르냐?"

엄마는 세숫대야를 들어 올려 빈 목욕침대 위에 물을
쏴하고 끼얹었다. 목욕침대 옆에 서 있던 여자의 한쪽 허
벅지로 뜨거운 물이 쏟아져내렸다.

"앗, 뜨거! 이년이 보자 보자 하니까."

수리부인이 엄마의 머리채를 휘어잡으면서 두 여자가
엉겨붙어 싸우기 시작했다. 여탕의 다른 손님들은 "어머,
어떡해!"라며 발만 동동 굴렀지 누구 하나 나서서 말리는
이가 없었다. 내가 굳이 엄마를 말리지 않은 것은, 엄마에
게 전적으로 유리한 싸움이었기 때문이다. 수리부인은 목
소리만 컸지 제대로 맥도 못 추렸다. 알몸인 엄마는 젖은
머리카락을 잡혔다가 수리부인을 밀치면서 풀려났다. 흥
분한 수리부인이 괴성을 지르며 다시 달려들었지만 미끌
미끌한 엄마의 알몸에 제대로 손을 댈 수조차 없었다. 엄
마는 그녀의 머리카락을 잡았다가 멱살을 쥐고 흔들었다.
엄마는 수리부인보다 몸피는 작아도 팔다리가 길었고 팔
힘이 훨씬 더 셌다. 매점 언니가 뛰어 들어와 뜯어말리기

도 전에 수리부인은 여탕 바닥에 풀썩 나동그라졌다.

"아이고, 나 죽네, 나 죽어! 저년이 나를 죽이려고 작정을 했네. 다들 봤지? 나 방금 죽이려고 내던지는 거. 이 미끄러운 바닥에 머리라도 부딪혔으면 바로 뇌진탕이야."

수리부인이 바닥에서 일어나지도 않은 채 죽는시늉을 해대자 엄마는 헝클어진 머리를 다시 묶으며 억울하다는 표정을 지었다.

"내던지긴. 당신이 제 힘에 못 이겨 튕겨나간 거잖아!"

수리부인은 폭행, 살인미수, 모욕, 명예훼손 등등 잡스러운 죄목을 열거하며 엄마를 고발하겠다느니 망하게 하겠다느니 한참이나 길길이 뛰다가 땀범벅이 된 채로 목욕탕을 나갔다. 소문낸 적이 없다고, 계속 아니라고 하는데도 억지를 부리며 엄마를 몰아붙이는 수리부인의 모습은 그저 누군가에게 화풀이를 하고 싶은 것처럼 보였다. 흔한 일이었다. 사람들은 여탕에 문제가 생길 때면 엄마를 먼저 찾았다. 뭔가를 잃어버리고 짜증이 치밀어올랐거나, 목욕탕에 대한 불만을 이야기하고 싶을 때면 다짜고짜 엄마부터 다그쳤다. 여탕에서 가장 만만한 사람이 엄마였으니까.

"딸년 대학 잘 보냈다고 기고만장해가지고는. 평생 남의 때나 밀어주고 살아라!"

수리부인은 내게 시선을 힐끗 던지며 여탕을 나갔다. 여자가 퍼붓던 그 어떤 험한 말보다 나 때문에 엄마가 기고만장해졌다는 말이 나를 아프게 했다. 악의로 가득 찬 수리부인의 험담에 동의하는 것은 아니지만, 엄마에게 유일한 희망이 나라는 건 내가 가장 잘 알았다. 엄마의 꿈이 비누거품처럼 형체도 없이 흩어져버릴 예정이라는 말을 꺼내기가 어려워서 나는 오래도록 머금고 있었다.

목욕탕은 계급장을 떼고 사람과 사람이 알몸으로 만나는 곳이다. 하지만 이곳에서도 엄연히 서열과 위계가 존재했다. 여탕에서는 피부와 몸매 관리, 재테크, 자식 교육에 능한 여자들의 입김이 세고 서열이 높았다. 예쁘고 날씬한데다 재개발이 예정된 지역의 아파트를 가지고 있고, 자식 대학까지 잘 보낸 엄마를 사람들이 대놓고 무시하기는 어려웠다. 하지만 때밀이 아줌마를 부러워하는 사람은 없었다. 때밀이인데도 불구하고 아름답고, 돈을 잘 벌고,

자식을 잘 키운 여자. 엄마의 모든 행위 앞에는 '불구하고'라는 수식어가 붙었다. 그것은 아빠가 없는데도 불구하고, 엄마가 때를 밀어 키웠음에도 불구하고, 무용을 전공하고 있는 내게도 마찬가지로 따라다니는 수식어였다. '불구하고'라는 수식어는 어쩌면 '불과하다'와 같은 말인지도 모른다. 때밀이임에도 불구하고 대단한 일을 해냈다고 엄마를 추켜세우는 목소리는 역설적으로 그녀가 때밀이에 불과하다는 것을 우리 모녀에게 끊임없이 상기시켰다.

13

　수리부인 사건만 아니었다면, 무용을 포기하려던 선택이 조금 더 빨라졌을지도 모른다. 나는 전공을 바꿔 다른 학과로 옮기는 것은 어떨지 여러번 고민했다. 무용학과를 다니는 데에는 등록금 외에도 많은 돈이 들었다. 의상비, 작품비, 분장비 등 학기마다 여러가지 명목으로 엄마에게 돈을 타갈 때마다 죄책감이 들었다. 씀씀이가 큰 동기들과 어울리는 일도 스트레스였다.

　실기수업 시간에 전공교수가 시선 처리와 손동작이 어

색하다며 나를 앞으로 불러 세웠다. 열명 남짓한 학생들이 내 앞에 서서 이상한 눈초리로 나를 바라봤다. 내 등 뒤로는 연습실 벽 한면을 처음부터 끝까지 가득 채운 전면 거울이 붙어 있었다. 거울 속에 비친 시선 때문인지 얼굴은 물론 뒤통수와 목덜미까지 따갑게 느껴졌다. 교수는 호통을 치며 내게 방금 한 동작을 다시 해보라고 했다. 나는 엉거주춤한 포즈로 시선을 어깨 너머로 두고 팔을 올렸다.

"그게 아니야. 좀더 비스듬하게 등을 돌리고, 시선은 더 멀리!"

교수는 짝 하고 소리가 날 정도로 내 등짝을 세게 내리쳤다. 순간 머릿속이 새하얗게 변했다. 나는 다시 몸의 각도를 조금 비틀어보려 애썼지만, 자세는 오히려 더 구부정해졌다. 교수의 손이 어깨에 닿자 이번에는 발동작이 흐트러졌다.

"정신 바짝 차려! 발끝에도 긴장을 풀지 말란 말이야! 배 집어넣고 옆구리에도 힘 줘. 네 몸이 불편하고 힘들수록 무대에서 완성도는 더 높아지는 거야. 다른 학생들도 명심하도록 해. 내 수업 시간에 들어와 편하게 농땡이 치려는 학생은 절대 용서 못 하니까. 정신 차리고 다시 해보자."

교수는 내 팔을, 허리를, 어깨를 잡고 흔들며 내가 만들어야 하는 몸의 각도가 얼마만큼인지를 반복적으로 알려주려 했다. 그럴수록 내 몸은 더 기우뚱하게 기울었다. 농땡이를 치려는 건 아니었는데, 잘하고 싶은 마음이 앞설수록 동작 순서까지 머릿속에서 꼬였다.

"어머, 얘 좀 봐. 너 왜 이렇게 먹통처럼 구니? 다시, 다시, 다시!"

그날 수업이 끝날 때까지 나는 다른 학생들 앞에서 자세 교정을 받았다. 그러나 결국 교수가 원하는 자세를 완성하지 못한 채 그 시간을 흘려보냈다.

윤원장처럼 나에게 맞춤식으로 무용을 가르쳐주는 스승은 아무도 없었다. 세상이 나를 배려하지 않는 게 당연하다는 것 정도는 알고 있었다. 나는 늘 형편없는 전공 실기 점수를 메우기 위해, 이론이나 교양 과목을 열심히 들어야 했다.

나는 대학 시절 내내 독무를 추거나 무대 중앙에서 스

포트라이트를 받을 기회를 얻지 못했다. 엄마는 당신의 딸이 단역에 불과하다는 것을 쉽게 받아들이지 못했다. 하지만 나는 그 이유를 몸으로 확연하게 느꼈다. 나는 좋은 춤을 추기에는 너무 뻣뻣했고 경직되어 있었다. 주인공은 단 한명뿐이다. 누구든 확률적으로 조연이나 엑스트라에 머물 비율이 훨씬 더 높다는 점을 엄마는 간과하고 있었다.

졸업작품 발표회에서 주인공 심청 역을 맡은 동기는 심청처럼 편부 슬하도 아니었고, 나처럼 편모 슬하도 아니었다. 그녀는 걸음마를 떼기 시작한 직후부터 발레를 배웠고, 한국무용으로 전공을 정한 이후 예술중, 예술고를 거치는 동안 지금까지 단 한번도 스포트라이트를 놓쳐본 적이 없는 무용수였다. 부족함 없이 자라난 그 아이와 나의 환경을 비교하고 내 처지를 탓하려는 게 아니다. 나는 처음부터 한계가 너무 명확했고, 그것을 넘어설 의지도 박약했다. 어쩌면 이러한 태도의 차이가 사람들이 흔히 말하는 '예술적 재능의 유무'를 결정짓는 것일지도 모른다고, 나는 종종 생각했다.

"이런 거 하지 마. 그게 엄마를 돕는 거야. 넌 아무 신경 쓰지 말고 무용만 잘하면 돼."

여탕 바닥에 떨어진 우유팩과 일회용 샴푸 껍질 따위를 줍고 있는 나를 보고, 엄마는 손님 때를 밀다 말고 달려왔다. 엄마는 내게 집안일을 시키지 않았다. 무용 한가지만 잘하면 된다고, 손에 물 묻히는 일은 쳐다보지도 말라고 했다.

엄마는 콩쿠르에서 1등을 차지한 나의 사진이 실린 무용 잡지 기사를 코팅해 탈의실에 있는 자신의 사물함에 붙여놓고 시간이 날 때마다 들여다보았다. '정중동(靜中動)의 호흡을 완벽히 숙지하여 나이답지 않은 한(恨)의 정서를 승무에 담아내었다'는 심사평이 실린 기사였다. 내 효도는 거기까지였다. 무용을 잘하는 게 가장 큰 효도라고 강조했던 엄마를 나는 결국 배신해버렸다. 승무는 고전 무용의 기본이 되는 춤일 뿐, 나는 거기서 더 발전된 다른 무용을 보여줄 자질이 없다며 엄마를 설득했다. 다양한 춤을 사사하기 위해서는 가욋돈이 많이 필요하다는 것과 해외 콩쿠르에 참가하기 위해서는 작품비는 물론 교수의 항공료와 체류 비용 일체를 책임져야 한다는 것까지는 말하지 않았다.

졸업 공연의 주인공 심청은 의상을 딱 한번 갈아입었다. 바다에 빠지기 전에는 남루한 옷을 입었다가 화려한 옷을 입고 왕후로 다시 살아났다. 그녀와 달리 나는 해초, 선녀, 잔치손님 등등 여러개의 배역을 소화하기 위해 빠르게 의상을 갈아입고 무대를 오르내리느라 물 한잔 마실 틈이 없었다. 단역이라고 해서 준비가 쉬운 것도 아니었다. 배역에 따라 달라지는 다양한 춤 동작을 익히느라 바빴고, 다른 단역들과 호흡을 맞춰 군무를 추기 위해 오랜 시간 연습해야 했다. 그리고 그 무대는 내 생애 마지막 무용 공연이 됐다. 주인공이 아닌 사람들, 중심이 아니라 주변부로 밀려난 사람들은 버거울 정도로 여러개의 역할을 감당해야 한다는 걸 그제야 깨달았다. 무용만 잘하면 안 해도 된다고 들었던 일의 목록을 무용을 그만두면서 떠올려보게 됐다.

14

무용단 오디션을 포기하고 예술경영대학원에 진학하
겠다고 했을 때 윤원장은 별로 놀라지 않았다.

"니는 원래 큰 춤꾼은 못 될 재목인기라. 몸이 그래 쉽
게 안 풀리가 우째 춤을 계속 추겠노. 때리치울 때가 됐는
데, 때리치울 때가 됐는데…… 저 가스나가 언제까지 할
라나 한번 두고 보자 카면서 계속 봤는데, 생각보다 끈질
기가 신기하다 캤다."

"선생님, 근데 왜 포기하라고 안 하셨어요?"

"니가 계속 해볼라 카는데, 내가 머한다꼬 때리치아라 카노."

"그래도, 어차피 안 될 거라는 거 아셨잖아요."

"와, 내가 너거 엄마한테 돈만 홀켜 먹은 거 같나?"

"아니, 그게 아니라……"

"니가 남의 손은 쉽게 못 받아도 말귀를 잘 알아먹고, 니 춤이 이상하게 사람 마음을 들었다났다 하는 기 있어 갖고 하는 데까지는 한번 해보자, 그래 싶었지. 니 승무 추는 거 보면 내는 한번씩 옥수로 슬퍼갖고 걱정되드라. 가스나 저거, 저래 승무 추다가 진짜 비구니처럼 살아서는 안 될 낀데."

"네? 비구니라뇨."

"니도 너거 엄마처럼 살까봐 내가 걱정이 태산이다. 춤이야 때리치아도 되는데 평생 외로블까봐……"

"선생님은 엄마랑 반대로 말씀하시네요. 엄마는 결혼도 안 하고 아기도 안 낳아도 된대요. 무용가로 성공해서 비즈니스 클래스 타고 다니면서 세계 곳곳에서 공연하며 살았으면 좋겠대요."

"니 어차피 그럴 그릇은 안 된다. 니도 그거는 알고 있제?"

나는 멋쩍게 웃으며 물었다.

"선생님, 뭐 하나만 물어봐도 돼요?"

"뭔데?"

"선생님은 꿈이 뭐였어요?"

"내 꿈? 내야 뭐, 인간문화재가 되는 기 꿈이었다 아이가."

"인간문화재요? 근데 왜 못 됐어요?"

"우리 스승이 인간문화재가 안 돼가지고. 원래 스승이 먼저 인간문화재가 돼야 나중에 그 스승한테 배운 제자도 인간문화재가 될 수 있는 긴데."

젊은 시절, 윤원장은 무형문화재인 동래학춤의 전수자였다. 갓을 쓰고 흰 도포 자락을 휘날리며 춤사위를 펼쳐 대는 그녀의 옛날 사진을 보면, 시시한 춤꾼 같지는 않다. 인간문화재가 되지 못한 스승에게 배운 원장은 인간문화재는커녕 무용가도 되지 못한 채 변두리 무용학원에서 아이들을 가르쳤다. 나는 어쩌면 윤원장보다 더 초라

하게 늙어갈지도 모르겠다는 예감이 스쳤다.

"청출어람도 다 헛말이네요. 뭐 어쩜 이렇게 갈수록 후져진담."

"유라야, 니 학춤의 최고 경지가 뭔지 아나?"

"그게 뭔데요?"

"학춤의 최고 경지는 학을 불렀는지 내를 불렀는지 모르는 거라꼬, 우리 스승님이 그러시더라. 사람들이 보고 저거를 춤이다 생각하는 기 아이라, 저거는 인간이 아니고 학이다! 이래 느끼야 되는 기라고."

"에이, 말도 안 돼요. 종(種)이 다른데 무슨…… 그냥 하는 말이겠죠."

"그러니까 니나 내나 이거밖에 안 되는 기라. 우리는 내를 버리고 학이 될 수가 없다 아이가. 한낱 필부밖에 안 되는 기지."

"선생님, 근데 전 평범하게 사는 것도 만만치 않다는 생각이 들어요."

"그래, 그것도 쉽지 않데이. 특히 니 보면 내가 가심이 갑갑하다. 대학원 가믄 무신 답이 있을 것 같드나?"

"공연 기획을 전공해보려고요. 요즘 한국무용의 세계화가 붐이잖아요. 무용은 계속할 자신이 없으니까."

확고한 계획이 있는 것처럼 말했지만 그저 학생 신분을 유예시키기 위해 결정한 일이었다. 나를 가만히 들여다보던 윤원장이 천천히 입을 뗐다.

"니가 와 안 되는 줄 아나? 니는 생각이 너무 많아. 춤추는 년이 그렇게 생각이 많아서야……"

나는 샐쭉해져서 입을 내밀었다.

"저도 알아요. 그래서 차라리 공부를 해보면 어떨까, 그런 거예요."

"공부도 마찬가지데이. 머든지 생각이 많으면 안 된다. 연애고 공부고, 세상사가 다 그렇드라."

윤원장은 내게 연애도 하면서 인생을 즐겁게 살라고 조언했다. 언제나 애인이 끊이지 않는 윤원장다운 조언이었다. 비혼주의자이자 연애 예찬론자인 윤원장은 좁은 동네에서 사람들 입에 오르내리는 것에 개의치 않고 늘 최선을 다해 연애를 했다. 무용학원 수강생들은 수업이 끝난 밤 늦은 시각 학원 앞에서 불을 밝히고 서 있는 원장의 애인 차를 볼 때마다 호들갑을 떨며 킥킥거렸다. 주차된 차가 바뀌었다는 건 애인이 바뀌었다는 뜻이었다. 학원 앞에서 공회전을 하고 있는 차는 외제차이기도 했고, 건축자재가 실린 트럭이기도 했고, 개인택시이기도 했다. 남자들의 생김새나 옷차림도 각양각색이었다. 수강생들은 윤원장의 남자 취향에 대해 격론을 벌였으나 쉽게 의견 차를 좁히지 못했다. 원장이 각자 개인연습을 하라는 숙제를 남기고 애인을 만나러 가버렸던 어느 토요일 오후, 연습은 제친 채 무용학원 마룻바닥에 둘러앉아 세시간 넘는 토론 끝에 '원장은 차가 있는 남자를 좋아한다'는 결론을 얻었던 소녀들의 모습이 떠올라 나는 싱긋 웃음을 지었다.

"와 웃노, 내 말이 웃기나?"

"아뇨, 그냥 신기해서요."

"뭐가."

"선생님은 어떻게 그렇게 연애를 잘해요?"

"나도 마이 죽었다. 옛날 같지 않은 기라. 내야 모 이제 내리막길이지. 젊은 니가 문제다. 날씨가 이래 좋은데 머하고 있노. 어서 나가서 누구든 좀 꼬셔봐라."

"제가 갈 데가 어디 있어요? 쌤, 나 몰라요? 여중, 여고, 여대, 그리고 여탕!"

이번에는 윤원장이 목젖을 보이며 크게 웃었다.

15

윤원장에게 말은 안 했지만, 대학 시절 몇명의 남자들
과 연애를 시도했던 적이 있었다. 그러나 그들과 같이 있
을 때면 건식 사우나실에 있는 것처럼 답답했다. 숨을 쉴
수도 없었고, 빨리 이 상황을 모면하고 싶은 불편함만 가
득차올랐다. 특히 그들이 내 몸에 함부로 손을 대는 것이
싫었다. 이상하게 남의 손이 내 신체에 닿으면 온몸에 닭
살이 돋을 만큼 경직되었다. 성적 흥분과는 달랐다. 팔을
만지면 팔이, 다리를 만지면 다리가 잔뜩 긴장했고, 허리

를 감으면 척추가 곧추설 정도로 허리가 긴장됐다. 어떤 남자들은 내가 순진해서라고 이해했다. 하지만 오해였다. 그것은 내가 무용을 배울 때 부딪혔던 것과 같은 종류의 문제였다. 나는 그 누구와도 몸을 섞을 수 없었고, 결국 사우나실의 모래시계를 뒤집듯 그들과의 관계를 서둘러 정리할 수밖에 없었다.

"내가 누구 때문에 이렇게 사는데……"

무용을 관두고 대학원에 진학한 뒤로 엄마는 예전에는 하지 않던 신세 한탄이 부쩍 늘었다. 엄마는 내가 자신처럼 살지 않기를 바랐다. 컴컴한 지하가 아닌 밝은 무대에서 박수 받고 살기를 바랐다. 나 또한 엄마처럼 사는 것은 죽기보다 싫었다. 하지만 나는 빛나는 것이 아름다운 것이라 믿지는 않았다. 자연스럽게 장단에 몸을 맡기듯 소박하고 편안하게 살고 싶었다.

변두리 동네에서 무용을 한다는 이유만으로 시기나 모함의 대상이 되는 경우가 종종 있었다. 내게 시비를 걸거나 마뜩잖게 구는 아이들에게 나는 제대로 맞서지 못했고, 집으로 돌아와서야 그때 내가 해줬으면 좋았을 말들을 떠올리며 후회했다. 나도 엄마처럼 누구를 만나든 대차게 상대하고 싶다고 했을 때 엄마는 쓴웃음을 지으며 말했다.

"나처럼 살면 나처럼 말할 수 있지. 그러니까 넌 나처럼 살지 마."

내가 아니었다면 엄마의 삶에서 다른 선택지가 존재했을지도 모른다. 그녀가 선택한 삶은 여탕에서 남의 때를 밀면서 딸을 뒷바라지하는 것이었다. 엄마는 자신의 유일한 밑천이 몸이라며, 철저히 건강을 관리하면서 살아왔다. 꼬박꼬박 영양제를 챙겨 먹었고 운동도 열심히 했다. 엄마는 여탕에서 모두가 실오라기 하나 걸치지 않고 제몸을 닦는 가운데, 속옷을 입고 남의 몸을 씻겨주는 유일한 사람이었다. 본의 아니게 엄마의 몸은 벌거벗은 여자들이 가장 유심히 보는 대상이 되었다. 엄마는 늘 속옷만큼은 고급으로 입었다. 속옷이 아니라 작업복이라고 엄마는 누누이 강조했다. 젖은 머리카락에 실크로 된 붉은색 브래지어와 팬티를 입은 엄마의 모습은 꽤 도발적으로 보였다. 어쩌면 여자들은 엄마에게 몸을 맡기면서 묘한 흥분과 우월감을 느끼고 있는지도 모른다.

출근과 동시에 교대를 끝낸 엄마는 간단하게 주변 정리를 마친 다음 늘 냉탕에 들어가서 수영을 하는 것으로 하루 일과를 시작했다. 사실 수영이라기보다는 좁은 공간에서 왔다 갔다 하면서 치는 발장구에 가까운 동작이었다.

20년 가까이 아침마다 냉탕에서 정갈한 의식을 치르듯, 엄마는 최선을 다해 크게 다리를 움직이며 발장구를 쳤다. 손님이 없을 시간이라 엄마의 발장구 소리는 매우 컸다. 물이 사방으로 튈 정도로 큰 물보라까지 만들어냈다. 엄마는 복근과 허벅지를 단련시키기 위해서라고 했지만 내가 보기에 그것은 엄마의 전(全) 생애의 무게를 발끝에 실어 어디론가 나아가려는 움직임처럼 보였다. 지금 몸을 담근 곳이 냉탕 욕조가 아니고 큰 바다라면 아주 멀리멀리 내가 없는 곳으로 멋지게 유영해 달아날 수 있을 것 같았다. 그 순간이야말로 엄마는 누구보다 생생했다. 나는 냉탕에서 놀고 있는 엄마를 볼 때면 냉탕 욕조 바닥에 깔린 파란 타일처럼 마음이 시렸다. 첨벙첨벙 엄마의 발장구 소리가 목욕탕 전체에 크게 울려 퍼질 때면 내 마음은

끝도 없는 심해 속으로 텀벙텀벙 가라앉아버릴 것만 같았다.

16

무용을 그만두겠다고 했을 때, 엄마는 처음에는 내게
화를 냈고 나중에는 사정했다.

"해보지도 않고 그만두겠다는 거잖아. 더 해보고 그만
둬도 늦지 않아."

"아니야, 이미 할 만큼 해봤어. 관두는 것도 때가 있어."

"조금만 더 해보고 결정하자. 오디션이라도 봐보고. 하
는 데까지 해보고 다시 생각해봐."

"엄마, 결정은 이미 내린 거야. 내 선택을 존중해줬으면

좋겠어."

두달 넘게 다툰 끝에 엄마는 어쩔 수 없이 나의 선택을 받아들였지만, 존중하는 것처럼 보이지는 않았다. 대학을 졸업하고 대학원 시험을 준비하느라 특별한 곳에 적을 두지 않고 지냈던 한학기 동안 나는 엄마의 따가운 시선을 견뎌야 했다. 나 역시 오랫동안 꿈꾸던 일을 포기하기까지 힘들었고 몸과 마음을 추스를 시간이 필요하다는 걸, 그녀는 전혀 이해하지 못했다. 엄마는 나를 볼 때마다 화난 사람처럼 굴었다. 그런 엄마에게 나는 무용이 아닌 다른 일이라도 열심히 하고 있다는 걸 보여주고 싶었지만, 딱히 열심히 할 만한 게 없었다. 시간이 생긴 김에 그동안 미뤄뒀던 내 방 정리를 하고 운전면허를 땄다. 그러고도 시간이 남았다.

엄마의 휴무일이면 나는 일부러 밖으로 나가 시간을 보내곤 했다. 조용히 집을 나서려고 최대한 숨죽여 외출 준비를 하고 있는데 엄마가 거실로 나와 운전연수를 시켜줄 테니 같이 교외로 나가자고 말했다. 내키지 않는 제안이었지만, 엄마가 내게 같이 외출하자고 한 게 너무 오랜만이라 거절할 수 없었다.

경로를 이탈하였습니다. 경로를 이탈하였습니다.

내비게이션의 경고음이 귓속을 따갑게 파고들었다. 운전대를 잡은 손에서는 식은땀이 났다. 고속도로를 벗어나 도로 폭이 좁은 산길을 30분 넘게 달리고 있는 중이었다. 나는 곁눈질로 내비게이션과 엄마의 얼굴을 번갈아 봤다.

"정신 집중하고, 정면 봐."

엄마가 차가운 목소리로 말했다.

내비게이션에서는 또다시 경로를 이탈했다는 안내음이 울렸다. 그것은 마치 내 인생에 대한 엄마의 언질처럼 들리기도 했다. 나는 차를 돌려 왔던 길을 되돌아갔다. 한참을 헤매다가 더 으슥하고 좁은 산길을 힘겹게 올라간 끝에 겨우 목적지에 도착했다.

엄마가 운전 연습을 핑계로 내게 같이 가자고 한 목적지는 지리상으로는 충청도에 더 가까운, 경기도 끝자락에 위치한 요양병원이었다. 그곳에는 4년 전 유방암 수술을 하고, 완치 판정을 1년도 앞두지 않은 시점에서 암이 재발한 오회장이 입원해 있었다. 오회장이 더이상 대학병원에서도 손쓸 수 없는 상태가 되어 요양병원에서 지내고 있다는 소식을 듣고도 한번 찾아가보지도 못한 채 여러 날이 지났다며 엄마는 더 늦기 전에 병문안을 가야겠다고 했다. 엄마는 검은 정장을 꺼내 입었다가, 조문객 같다는 내 말에 아차 하는 표정을 지으며 다시 안방에 들어가 베이지색 셔츠와 청바지로 갈아입고 나왔다. 이번에는 병문안 복장이라기보다는 소풍 가는 옷차림에 가까워 보였지만, 굳이 지적하지는 않았다. 단추 많이 달린 옷을 입은 엄마를 보는 게 오랜만이었다. 여탕에서 엄마는 거의 옷을 입지 않았고, 탈의실에서 옷을 입고 있을 때는 단번에 벗기 편하도록 가볍고 헐렁한 싸구려 원피스를 걸쳤다.

어렵사리 도착한 요양병원의 풍경은 엄마의 산뜻한 옷차림과 좀처럼 어울리지 않았다. 오회장은 듣던 것보다 훨씬 더 상태가 나빠 보였다. 풍채 좋던 모습은 온데간데없었고, 목소리를 내는 것조차 힘겨워 했다. 긴 대화는 불가능했고, 약한 음성으로 간단한 의사 표현만 할 수 있는 수준이었다. 만지면 바스러질 것처럼 비쩍 마른 오회장의 손목을 엄마는 여러번 쓰다듬었다. 간병인의 말로는 외국

에 있다는 오회장의 아들이 일주일에 한두번 전화를 걸어
올 뿐이고, 찾아오는 사람도 없다고 했다. 간병인이 할머
니와 무슨 사이냐고 묻자, 엄마는 1초도 망설이지 않고 수
양딸이라고 답했다. 그러자 간병인은 엄마에게 자신의 일
이 얼마나 고된지 한참 늘어놓았다. 일주일에 한번 목욕
봉사원들이 목욕을 돕기 위해 오는데, 할머니가 좀처럼
목욕을 하려고 들지 않아 씻길 때마다 애를 먹는다는 불
평을 오회장이 듣는 앞에서 무람없이 했다.

　나는 엄마를 도와 오회장을 휠체어에 태웠고, 그녀를
목욕실로 옮겼다. 병동의 목욕실은 대중탕처럼 넓지는 않
았지만, 여탕에서 쓰는 것과 비슷한 목욕침대가 있었다.
나는 오회장의 옷을 천천히 벗겨 목욕침대 위에 눕혔다.
내가 오회장의 옷을 벗기는 동안 엄마도 옷을 벗었고, 자
신의 루이비통 가방에서 비닐로 된 지퍼백을 꺼냈다. 그
안에는 빨간 때수건과 하얀색 때비누가 들어 있었다. 엄
마가 이곳에 오기 전부터 오회장을 씻겨줄 생각이었던 것
을 그제야 알아챘다. 오회장은 몸에 유분이 많은 편이라
때수건을 갖다 대기만 해도 때가 지우개처럼 밀려 나오는

134

체질이었다. 하지만 이제 그녀의 몸에서 기름기라고는 찾아볼 수 없었고, 피부는 나무껍질처럼 거칠었다. 엄마의 때수건은 오회장의 검고 말라비틀어진 몸 위에서 계속 겉돌았다. 엄마는 최대한 거품을 많이 내어 정성스럽게 오회장의 몸을 닦았다. 양쪽 모두 유방이 잘려나간 가슴을 지나 겨드랑이 밑에 손을 넣어 구석구석 닦았다. 나는 그 옆에서 더운 물을 바가지에 담아 조금씩 흩뿌리며 오회장의 몸이 식지 않게 했다. 그 와중에 내 쪽으로도 물이 튀었다. 바지를 걷어야 하나 망설이는 내게 엄마가 그만 나가 있으라고 말했다. 나는 밖에서 기다리다가 목욕이 끝난 후 다시 들어가 오회장의 옷을 입히는 것을 도왔다. 씻고 나온 오회장에게서 만수불가마사우나 여탕에서 쓰는 비누 냄새가 났다. 오회장이 느리게 몸을 일으키면서 엄마에게 돈을 주려고 했다. 엄마는 거절했다.

"됐어요. 어떤 딸이 엄마 목욕 시켜줬다고 돈을 받는대요?"

엄마는 손사래를 치며 웃었다. 엄마가 누군가에게 '엄마'라고 말하는 모습을 처음 보았다. 엄마는 도리어 병실

135

앞 복도에서 간병인에게 따로 봉투를 내밀었다. 또 찾아올 테니, 다음 면회까지 엄마를 잘 부탁드린다는 말을 덧붙이면서.

엘리베이터를 타고 로비로 내려와 병원 건물 밖으로 걸어 나온 엄마는 오회장 앞에서 애써 쾌활하게 굴던 것과는 달리 지치고 침울한 얼굴이었다. 불과 얼마 전까지 새로운 삶을 찾았다고, 암을 앓고 난 후 인생이 다시 보인다고 했던 오회장이 지금 죽음을 목전에 두고 있다는 것이 나 역시 눈앞에서 보고도 믿기지 않았다.

"엄마, 잠깐만. 우리 커피 한잔만 하고 갈까."

주차장으로 걸어가던 길에 나는 엄마를 멈춰 세우며 커피 자판기를 가리켰다. 엄마와 나는 자판기에서 갓 뽑은 밀크 커피를 손에 들고 병원 마당 벤치에 나란히 앉았다.

"오랜만이네, 이런 자판기 커피. 맛있다."

엄마는 종이컵을 쥐고 커피 향을 맡으면서 낮게 읊조렸다.

"날씨도 참 좋네."

내가 고개를 끄덕이며 말했다. 병원 마당 앞에 내리쬐

는 햇살이 유난히 밝고 따뜻했다.

"엄마, 실은 나는 좀 놀랐어. 엄마가 오회장님한테 엄마라고 해서."

"그러니? 간병인 앞이라 일부러 살갑게 군 것도 있어. 자식들이 신경 안 쓰는 환자들은 막 대한다는 얘기를 들은 적이 있어서."

엄마와 나는 종이컵에 든 커피를 홀짝이며 병원 건물을 물끄러미 바라보았다. 엄마의 시선은 오회장의 병실 쪽을 향해 있었고, 나는 병원 외벽에 걸린 커다란 현수막에 눈길이 갔다. '암 재활 전문 병원, 완화 의료 호스피스 사업 시범 병원'이라는 고딕체 문구 아래 나무와 꽃이 그려진 일러스트와 함께 '끝까지 아름다운 동행이 되겠습니다~'라는 문장이 흘림체로 적혀 있었다. 조용히 커피를 마시던 엄마가 다시 내게 말을 걸었다.

"유라야, 너 예전에 엄마의 엄마는 어떤 사람이었냐고 물어봤지?"

"응, 외할머니 어떤 분인지 궁금해."

"나는 엄마를 너무 싫어했어. 그리고 나는 두가지 결심

137

을 했어. 난 절대 우리 엄마 같은 엄마가 되지 않을 거라고. 그리고, 엄마가 늙고 병들면 거들떠도 보지 않겠다고."

"그래서 외할머니 안 만나는 거야?"

"아니, 우리 엄마는 늙고 병들기도 전에 세상을 떠났어. 허무하지?"

"뭐라고? 돌아가셨다고? 언제?"

"허무해, 그치? 인생이란 게 참 허무해. 허무하고 허무하다."

엄마는 내가 묻는 말에 대답하는 대신 허무하다는 말을 여러번 되뇌다가 종이컵을 우그러뜨리면서 벤치에서 일어났다. 나도 더이상 캐묻지 못하고 말없이 엄마를 뒤따라 걸었다. 엄마가 느끼는 허무함에 나 또한 일조하고 있는 것 같았다. 나는 엄마에게 앞으로 당신의 인생이 허무하지 않게 해주겠다는 약속 따위를 할 수 없었다.

집으로 돌아가는 길에는 엄마가 운전대를 잡았다.

17

만수가 캠퍼스 한편에 자리 잡은 커다란 은행나무 아래
에 서서 희뿌연 담배 연기를 내뿜고 있었다. 교내에 몇군
데 안 되는 흡연 허용 구역이라, 나무 아래 벤치 주변에는
담배를 피우는 학생들이 여럿 보였다.

만수는 발밑에 소복하게 깔린 노란 은행잎을 툭툭 차면
서 빙글거렸다.

"와, 이렇게 여대생들이랑 맞담배 피우고 있으니까 졸
라 기분 좋네. 유라짱, 너네 학교 물 진짜 죽인다! 나는 유

라짱만 이쁜 줄 알았는데, 여기 와서 보니 유라짱은 그저 그런 수준이야. 나도 나중에 너네 학교 입학해야겠다."

"멍청하긴, 니가 어떻게 여대에 입학하냐?"

"아 맞다, 여기 여대지? 어쩐지 학교 정문에 들어서자마자 아늑하고 편안하게 느껴지더라. 나는 옛날부터 여탕이 더 정감 있고 편하더라고. 아흐, 남탕은 너무 삭막해."

휴지통에 담배를 비벼 끄며 너스레를 떠는 녀석의 볼이 푹 꺼져 있었다. 만수는 열흘 전 왼쪽 어깨에 철심을 박는 수술을 받았다. 만수의 어깨는 재활 불능 판정을 받았다. 의사는 일상생활에는 지장이 없지만 만수가 더이상 선수 생활을 지속하기는 어렵다고 진단했다. 초등학교 시절부터 투수 유망주로 불렸던 만수로서는 현재의 상황을 받아들이기 쉽지 않을 것이다.

학교 구경을 시켜달라는 만수의 부탁을 나는 흔쾌히 받아들였다. 학교 앞에서 밥이나 한끼 사주면서 기분 전환을 시켜줄 생각이었는데, 녀석은 계속 술을 사달라고 졸랐다.

"유라짱, 사람이 이러는 게 아니지. 분명히 퇴원하면 술

사준다고 약속했잖아. 그때 병실에 병문안 왔을 때 약속한 거, 나 똑똑히 기억하고 있다고."

"무슨 소리야? 너 혼자 우긴 거지, 난 약속한 적 없어. 미성년자가 술은 무슨. 까불지 좀 마."

"씨바, 내가 미성년자니까 유라짱한테 술 사달라고 하지. 내가 내 돈 내고 내 친구들이랑 술집 갈 수 있으면 너한테 왜 사달라고 하겠냐?"

내게 술을 얻어먹을 생각에 힘든 입원 기간을 견뎠다며 억지를 부리는 녀석의 고집을 결국 꺾지 못했다.

학교 앞 호프집에서 만수는 기본 안주로 나온 뻥튀기를 씹으며, 앞으로 무엇을 해야 할지 모르겠다고 말했다. 나는 천천히 생각해보라고 했다.

"내가 뭘 할 수 있을까. 나는 할 줄 아는 게 야구밖에 없는 놈인데. 코치, 감독이나 우리 부모님까지 늘 그랬어. 나한테 야구 아니면 다른 길이 없으니까 죽기 살기로 해야 한다고. 그 말만 듣고 죽어라 매달렸는데 이제 와서 다른 걸 찾아보라니, 좀 잔인하지 않아?"

이제 와서,라는 말을 하기엔 만수는 아직 어렸다. 겨우

열여덟살이었다. 나는 만수에게 선뜻 술을 따라주지 못하고 소주병을 손에 든 채 머뭇거리며 말했다.

"이제부터 찾아보면 돼. 지금 생각해보면 넌 야구, 나한테는 무용밖에 없다고, 다른 건 아무것도 할 수 없다고 말했던 어른들이 진짜 잔인했던 거 같아. 너나 나나 잘해야 한다는 소리만 들었지 못해도 괜찮다는 말을 들어본 적이 없지 않니? 어떻게 사람이 매번 잘해?"

"아냐, 그래도 난 졌을 때 괜찮다는 말도 많이 들었어. 물론 다음번엔 꼭 이겨야 한다는 말이 따라오긴 했지만. 근데…… 이제 아무도 그런 말을 안 해. 오히려 다들 나한테 위로한답시고 좋은 말만 해준다니까. 괜찮아질 거라고, 잘될 거라고 말해주긴 하는데 눈빛은 저 새끼 이제 끝났다고 생각하는 게 느껴져. 아직 9회차 안 끝났다고, 아니면 다음 경기 때에는 더 열심히 뛰어서 잘해보라고, 그런 말은 이제 아무도 안 해. 그냥 게임 오버라는 거지."

만수가 실의에 빠진 말투로 말했다. 나는 가라앉은 분위기를 띄워보려고 일부러 장난조로 말했다.

"야, 솔직히 속 시원한 것도 있지 않아? 나는 20년 동안 무용하다가 그만두니까 편하던데? 먹고 싶은 것도 마음대로 먹고. 예전에는 몸 관리하느라 술이나 이렇게 기름진 안주도 안 먹었어. 그게 뭐라고, 속 편한 게 제일이지."

"사람 마음이란 게 참 우습지. 난 그런 속박마저도 이제는 그리워. 유라짱, 내가 야구하면서 제일 많이 들었던 말이 뭔지 알아? 구질(球質)이랑 구속(球速). 맨날 그거 두가지 끌어올려야 한다고 빠따 맞고…… 일본 가기 전까진 많이 맞았지. 그 구질구질한 구속의 세계에서 벗어나면 자유로워질 줄 알았는데 아니더라. 지금도 아침 6시면 눈이 뜨여. 일찍 일어나서 스트레칭하고 몸 풀면서 오전 훈련 준비하던 습관을 몸이 기억하는 거지. 내 몸은 이미 야구 선수 생활에 길들여져 있는데 결국은 또 이 몸이 말썽을 부려서 그만둘 수밖에 없다는 게 억울하고 분통터져."

만수가 내게서 소주병을 낚아채 제 손으로 한잔 따라 마셨다. 도저히 만수를 못 말리겠다 싶었다.

"너무 쉽게 단정하지는 마. 다른 길도 분명히 있을 거야."

"그러는 유라짱은? 유라짱은 뭐가 결정되어 있나? 학교

다니는 건 재미있어? 대학원 끝나면 교수님 되는 건가?"

"나도 몰라. 공연 기획이나 마케팅을 공부해보려고 대학원 온 건데 졸업 후에 보장된 건 아무것도 없어. 이쪽 계통에서 정규직 취업은 거의 불가능하더라."

만수는 내게 왜 무용을 포기했는지 물었다.

"난 재능이 없어."

나는 길게 한숨을 쉬었다.

"재능이 대수인가? 그냥 좋으면 하는 거지. 유라짱, 나도 처음에는 프로 야구 선수가 되어서 돈도 많이 벌고, 유명해지는 게 꿈이었어. 그런데 이제 이렇게 되고 보니, 프로팀에 못 들어가고 2군이 되더라도 그라운드에 나설 수만 있으면 좋겠어. 사실 그것도 이제는 물 건너갔지 뭐. 이렇게 몸이 안 따라주게 생겼으니."

만수는 소주를 한잔 더 따른 후 빠르게 입에 털어 넣었다. 나는 녀석이 비운 잔에 소주를 따라주며 허탈하게 웃었다.

"나도 몸이 안 따라주는 건데?"

내게도 단지 찜질방을 벗어나기 위해 무용을 하던 시

절이 있었다. 힐끔거리는 사람들의 시선을 받으며 목욕탕에서 방과 후의 시간을 보내는 것보다는 무용학원이 훨씬 편했으니까. 유명한 무용가가 되어서 엄마를 여탕에서 벗어나게 해주고 싶다는 희망을 품은 적도 있다. 엄마가 화려한 속옷이 아닌, 고급스러운 외투를 입고 세상을 활보하게 해주겠다는 다짐을 하기도 했다. 하지만 나도 만수와 마찬가지로 이 동네로 다시 돌아올 운명이었다.

만수는 다시 일본으로 가고 싶다고 말했다. 만수보다는 자신의 일본 이름인 미쓰히데로 사는 것이 훨씬 편하다고도 했다.

"너 일본이 그렇게 좋아? 완전 일본 사람처럼 말하네. 야, 너 솔직히 말해봐. 우리나라랑 일본 야구 경기하면 넌 일본팀 응원할 거지?"

내가 입을 삐죽거리며 핀잔을 주자 녀석은 발끈하며 대들었다.

"그런 거 아니야! 유라짱도 나름대로 힘든 점이 많았겠지만 시장 입구에 자기 이름이 커다랗게 걸린 채로 사는 인생도 무지 피곤하단 말이야. 내가 만수불가마사우나의 만수인지 모르는 사람이 이 동네에 없잖아. 목욕탕만 갔다 하면 이놈 저놈이 다 나더러 알은체를 해. 만수야, 등 좀 밀어다오. 만수야, 치약이 떨어졌구나. 만수야, 너희 아버지더러 남탕 온도 좀 높여달라고 해다오. 만수야, 만수야, 만수야…… 언제부터인가 그냥 동네 꼬맹이들도 막 불러도 되는 이름이 되어버렸더라고."

"그런 심부름은 안 하면 되지. 네가 목욕탕에서 일하는 사람도 아니잖아."

"내가 누누이 말하잖냐. 상호명이 만수불가마사우나만 아니라도 그냥 쌩까겠다고. 만수사우나에서 만수가 성을 낼 수도 없는 노릇이잖아. 우리 부모님은 밤낮으로 눈 시뻘게져서 카운터만 번갈아 지키고 있는데……"

그러고 보니 만수는 어려서부터 손님들에게 싹싹했다. 언제나 밝고 장난기 넘치던 모습 뒤에 숨겨진 고민이 조금 애틋하게 느껴졌다.

"아버지가 야구부 아이들 데려다가 목욕시켜주는 것도 싫었어. 사내놈들이 투명인간이 되면 여탕 구경 간다고들 하잖아. 나는 만약에 그런 기회가 생기면 호텔 스위

트룸에 숨어들어서 혼자 조용히 욕조에 몸 담그고 목욕해
보고 싶어. 구두쇠인 우리 아버지가 살림집에는 온수 안
나오도록 잠가놓아서 집에서는 샤워도 못해요. 사춘기 때
는 몸이 하루가 다르게 변하잖아. 매일 남탕에 내려가서
목욕해야 하는 거, 진저리나게 싫었어. 누나, 나 학교 다닐
때 별명이 뭔 줄 알아?"

"별명? 너 별명도 있었니?"

만수는 씩씩거리며 어린 시절의 별명 이야기를 털어놓
았다. 만수가 초등학교 5학년 되던 해 여름, 한반도 전역
에 큰 태풍이 들이닥치면서 찜질방 입구에 세워진 입간판
이 바닥에 나동그라졌다. 그때 만수불가마사우나의 '마'
자의 일부가 훼손되어 '기'가 되어버렸다. 그건 나도 알고
있는 사실이었다. 한동안 '만수불가기사우나'라고 적힌
입간판이 건물 입구를 지키고 있던 건 기억이 나는데, 그
간판에 누가 고약한 장난을 해놓았던 이야기는 알지 못했
다. 누군가 '가'와 '기'에 획 하나씩을 더 그어 '자'와 '지'
로 만들어버렸고, 그때부터 만수는 학교에서 '불자지'라
는 별명으로 불렸다고 했다.

"만수불자…… 만수야, 미안해. 근데 진짜 너무 웃기잖아."

심각한 표정을 짓는 만수 앞에서 웃음을 참으려고 애쓰다가 결국 큭큭 하고 웃고 말았다. 참았던 웃음이 터지자 걷잡을 수 없었다. 나는 거의 눈물을 흘리면서 웃었다.

만수는 지금 생각해도 분이 풀리지 않는지, 격앙된 목소리로 말했다.

"웃지 마. 그나마 지금이니까 내가 이렇게 얘기라도 꺼내는 거고, 그게 어린 시절 나한테 얼마나 상처가 된 줄 알아? 누나는 내가 왜 그렇게까지 일본에 못 가서 안달이었는지 이해 못하겠지. 한창 예민한 사춘기 시절에는 찜질방 아들로 사는 게 싫어서 가출을 고민할 정도였다니까."

"아유, 귀여워라. 사춘기 시절? 그럼 이제 우리 만수 사춘기 아니야? 이 누나가 보기엔 아직도 질풍노도의 반항기 같은데?"

"애 취급하지 말래도 계속 그러네. 나도 알 거 다 알고, 겪을 거 다 겪었어."

만수는 평소와 어울리지 않게 회한에 젖은 표정을 지으

며 소주잔에 술을 따라 마셨다. 그러고는 일본에서 자신의 여자 관계가 얼마나 복잡했는지 묻지도 않은 이야기를 떠벌리면서 허세를 부렸다. 테이블 위의 술병은 점점 더 늘어났다. 나도 내세울 것도 없는 연애사를 늘어놓으며 입안에 소주를 털어 넣었다. 헤어진 남자친구들의 이름을 하나하나 호명하면서 한잔, 한잔, 그리고 또 한잔 더. 만수는 나를 비웃었다. 자신은 여자 문제 따위로 고민한 적은 없다며 큰소리를 쳤다.

만수와 나는 연거푸 소주를 두잔씩 들이켰다. 취기가 더 빠르게 올라왔다.

"정말? 근데 너 진짜 여자랑 자봤어? 머리에 피도 안 마른 게……"

"내가 일본에서 얼마나 날렸는지, 모르지? 요오꼬, 미즈끼, 또 누구냐 음…… 미나짱…… 근데 말이야, 내가 제일 많이 잤던 사람이 유라짱이었어. 흐흐, 물론 상상으로 한 거지만."

"야, 인마. 너 까불지 말랬지? 내가 초등학교 입학할 때 너는 태어나지도 않았어. 어릴 때 내가 너 얼마나 많이 업

어쳤는지 기억 안 나니? 니가 고추 덜렁거리면서 여탕에서 뛰어다니던 것까지 난 다 기억난다고."

"나도 너 기억나. 내가 일곱살 때까지 여탕에 드나들었는데 말이야. 다른 여자들 몸은 하나도 기억이 안 나는데. 유라짱만은 너무 선명하게 기억나. 유라짱은 중학생이었지? 그때 니 가슴, 니 몸매 같은 게 아직도 생생해. 그 순간 내 고추가 움찔하던 느낌까지도. 내가 그후로 여탕에 안 갔던 거, 유라짱은 모르지?"

"미친놈."

만수가 내게 입을 맞추었다. 나는 입안으로 감겨들어오는 만수의 혀를 거절하지 않았다.

18

    원적외선 찜질방처럼 붉은 조명이 은은하게 퍼져 있는 모텔 침대에 누워 나는 심호흡을 여러번 했다. 경험이 많다고 큰소리쳤던 만수도 꽤 긴장이 되는 눈치였다. 팬티를 벗겨놓고도 어디로 들어와야 하는지 몰라 한참을 헤매는 모습이 서투르고 답답하기 짝이 없었다. 만수의 뜨거운 성기가 내 아랫도리에 닿았다. 눈을 질끈 감고 숨을 참았다. 만수가 내 안으로 들어오려고 할수록, 내 몸은 더 경직되었다. 녀석은 발기된 성기를 움켜쥔 채로 울상을 지었다. 나는 천천히 숨을 내쉬며 온몸의 긴장을 풀려고 했지만, 몸이 아래위로 따로 노는 듯 하체에만 잔뜩 힘이 들어갔다.

조금씩, 조금씩, 뜨겁고 딱딱한 기운이 안으로 들어오기 시작했다. 숨을 쉴 수 없을 만큼 아팠다. 어금니를 깨물고 고통을 참고 있는 사람은 나인데, 도리어 만수가 소리를 질렀다.

"힘 빼. 다리에 힘 좀 빼라고!"

만수가 시키는 대로 허벅지에 들어간 힘을 빼려고 애썼더니 이번에는 허리와 아랫배로 통증이 몰려왔다. 나는 괴성을 지르며 만수를 밀쳐냈다. 욕실로 뛰어 들어가 문을 잠갔다.

만수는 문을 두드리며 패전 위기에 놓인 투수처럼 초조하게 사인을 보내왔다.

"유라짱, 왜 그래? 무슨 일 있어? 갑자기 그렇게 도망가버리면 난 어떡하라고? 유라짱, 아니 유라 누나! 문 좀 열어봐."

나는 대답 없이 오래도록 변기 위에 쪼그려 앉아 있었

다. 알몸으로 변기 뚜껑을 올린 채 무릎을 세우고 앉았다. 무릎 사이로, 다시 무릎과 무릎 사이로 얼굴을 자꾸만 파묻었다. 만수의 노크 소리가 들리지 않을 때까지…… 내 옆에는 하얗고 커다란 욕조가 있었다. 둥근 욕조 옆에 서서 표면을 매만져보았다. 욕조는 미끈하고, 차가웠다. 나는 샤워기를 틀어 뜨거운 물로 온몸을 오래도록 씻었다. 샤워를 하고 나왔을 때 방에는 아무도 없었다.

휴대전화에서 카카오톡 메시지 알람이 울렸다. 만수로부터 10개도 넘는 메시지가 와 있었다.

—끝까지 안 나오네. 나 간다.

—간다는 인사를 해도 대답도 없냐.

—택시 탔다. 우리 동네 쪽으로 가려면 길 건너서 가야 된다 그러네. 씨발, 모르고 탔는데 택시 기사가 잔소리한다.

—뭐하냐? 뭐하냐고!

—아직도 안 나왔냐.

—생각할수록 열받네. 나랑 술은 왜 마신 거냐? 그냥 심심해서? 아니면 인생 종친 고삐리 불쌍해서?

─대답 좀 해보라고. 니 눈에는 내가 그냥 애처럼 보이냐? 그게 다냐고.

─야, 너는 내가 만만하지? 사람 가지고 장난치지 마.

─미쳤냐, 왜 계속 씹냐?????????????????????????????

거의 폭탄 수준으로 이어지는 메시지를 보고 피식, 웃음을 터뜨렸다. 만수가 만만해서 같이 자려고 한 것은 아니었다. 그저 누군가의 온기를 느끼고 싶었을 뿐이다. 타인과 타인이, 서로의 몸을 통해 기쁨을 주고 위안을 나눌 수 있다는 서사는 도처에 널렸지만 내 몸과는 너무 멀리 떨어진 이야기였다. 만수의 메시지에 답하지 않은 채 휴대전화를 챙겨 들었다. 겉옷을 챙겨 입고 거리로 나가 택시를 잡았다.

19

택시 뒷좌석에 앉아 지갑을 확인했다. 술값과 모텔비를 치르고도 꽤 넉넉하게 현금이 남아 있었다. 지갑 속에 손을 넣어 지폐를 세어보았다. 엄마가 내게 건네는 돈은 항상 빳빳하게 다려져 있었다. 그러나 시간이 지나도 한번 젖었다 말린 돈 특유의 감촉은 사라지지 않았다. 택시는 내 입에서 처음 나온 목적지인 구도심의 아파트 단지가 아니라, 24시만수불가마사우나 간판 앞에 섰다.

입구로 들어가다가 건물 옆 벽에 기대 담배를 피우고

있던 만수와 눈이 마주쳤다. 내가 다가가자 만수는 벌레 씹은 표정을 지으며 손에 든 담배를 땅바닥에 던졌다.

"오늘 일은 미안해. 누나가 되어서 한참 어린 너한테 그러면 안 되는데……"

"아, 씨발. 오늘따라 담배맛 되게 드럽네."

만수는 내 말을 욕질로 끊으며 땅에 떨어진 담배의 남은 불씨를 발로 비벼 껐다. 그러고는 잔뜩 골을 내며 땅바닥만 쳐다봤다. 나 역시 만수와 눈을 마주치지 않았다. 만수를 세워놓고도 쳐다보지 않은 채 대로변에 시선을 두고 한동안 서 있었다. 둘 사이에 고여 있던 침묵을 깬 것은 나였다. 만수에게 하는 말이라기보다는 혼잣말에 가까운 주절거림이었다.

"원장쌤이 예전에 그런 말을 했어. 춤이든 사람이든, 무언가를 받아들인다는 건 그만큼 자기 자신을 내어준다는 뜻이라고. 그러기 위해서는 스스로를 내려놓아야 한다고도. 요즘에는 계속 그 말이 생각나."

만수는 영문을 모르겠다는 표정으로 나를 내려다보았다.

"뭐라는 거야? 그래서 하고 싶은 말이 뭔데?"

나는 만수를 이해시킬 수 없었다. 한번도 자기 자신을
온전히 가져보지 못한 사람은 자신을 제대로 내어주지도
내려놓지도 못한다고, 나는 나 자신인 채로 살아본 적이
없는 사람이라고 말하려 했지만 씩씩대는 만수의 얼굴을
보고는 입을 다물어버렸다. 만수도 나에게 뭔가 말을 하
려고 입을 달싹거리다가 말을 삼켰다.

"아, 진짜 지랄하네. 어디서 꼰대질이야."

만수는 나를 노려보다가 하려던 말 대신 욕을 내뱉으며
내 어깨를 밀쳐내듯 툭 치면서 지나갔다. 순간 내 몸이 휘
청거렸지만 만수는 알은체도 하지 않고 찜질방 안으로 들
어가버렸다. 붉게 충혈된 채 나를 노려보는 만수의 눈을
보면서 이 관계가 망쳐진 지금에야 만수의 마음이 진심이
었다는 걸 알아챘다. 나는 만수가 시야에서 사라지고 나
서도 한참 더 찜질방 앞에서 서성이다가 여탕이 있는 지
하층으로 내려갔다.

엄마는 아무도 없는 여자 탈의실 평상 위에 혼자 누워
있었다. 팬티와 브래지어도 입지 않고 벌거벗은 채 얼굴

에 수건 한장만 덮고 잠들어 있었다. 일자로 누워 있는 엄마의 깡마른 몸은 마네킹을 연상시켰다. 숨 쉴 때마다 미세하게 배와 가슴이 오르락내리락하지 않았다면 죽은 사람처럼 느껴질 정도로 고요한 잠이었다. 나는 옆에 앉아 나지막하게 엄마를 불렀다.

"엄마."

"네, 손님!"

엄마는 화들짝 놀라 수건을 집어던지며 일어났다가 나를 보고는, 다시 반쯤 눈꺼풀을 닫고 주저앉았다.

"왜 왔어? 이 시간에."

"그냥. 엄마 보고 싶어서."

"너 술 먹었니?"

"응, 조금."

나는 엄마의 옆에 가방을 놓고 앉았다. 엄마의 눈에는 졸음이 잔뜩 실려 있었다. 입을 반쯤 벌리고 무신경하게 앉아 있는 엄마의 몸을 나는 찬찬히 살폈다. 속옷에 가려져 있지 않은 엄마의 몸을 이렇게 가까이에서 보는 것은 오랜만이었다. 가슴이 예전보다 처진 것 같긴 했지만, 사이즈가 큰 편이 아니라 크게 티가 나지는 않았다. 진한 고동색의 유두와 탐스럽게 곱슬한 그녀의 거웃을 보면서, 엄마의 은밀한 곳을 만지고 닦아줄 사람이 아무도 없다는 사실이 새삼 안타까웠다. 나는 빤히 엄마의 옆얼굴을 바라보며 말했다.

"엄마, 나 오늘 남자랑 모텔 갔다?"

순간 엄마의 눈이 커졌다. 나는 엄마의 눈을 피하지 않았다. 입술을 앙다문 채 그 어떤 것도 뉘우치지 않겠다는 눈빛으로 엄마를 바라보았다. 엄마에게 상처 줄 준비가 되어있다는 듯이.

엄마는 얼굴이 일그러진 채 한동안 내 표정을 살피다가, 좀 전에 누워있던 자세 그대로 반듯하게 평상에 머리를 댔다.

"화 안 내? 누구인지는 안 궁금해?"

"미친년."

"엄마는 어땠어?"

"뭐가."

"첫경험 때 말이야. 아빠랑 처음 할 때."

"니 아빠가 처음이었다고 누가 그러디? 난 그런 말 한 적 없다."

"그럼 누구였어? 아니, 그것보다 엄마는 어땠어? 나 실은 모텔에 가긴 갔는데…… 근데, 그건 못했어. 처음이라서 그런지…… 잘 안 됐어. 근데 차라리 더 잘된 일이라는 생각이 드네."

"혈기 넘치는 젊은 것들이 그 짓도 제대로 못하냐? 하긴, 오히려 젊어서 더 하기 힘든 일도 많은 법이다. 일찍해서 좋을 것도 없다. 그런 건 아무것도 아니니까."

엄마는 드러누운 채로 기지개를 켰다. 나른하고 긴 기지개였다.

"엄마는 그럼 대체 뭐가 중요해?"

쌔근거리던 엄마의 숨소리가 갑자기 멈췄다. 불안한 마음에 엄마에게 가까이 다가가려는데 엄마가 천천히 숨을 내쉬며 말했다.

"중요하게 생각했던 것도 지나고 나면 전부 아무것도 아니더라."

"그래도 중요한 게 있을 거 아냐. 엄마는 어떤 생각이

163

들어?"

"뭐가."

"때 밀 때. 사람들의 벗은 몸을 만질 때."

"그냥, 나는 아무 생각도 안 난다. 다들 때가 참 많구나…… 이 여자는 지난주에 밀었는데도 또 나오고…… 밀 때마다 때가 많네. 뭐 그런 생각. 이 일은 생각이 많으면 못한다."

"엄마."

"왜?"

"나 막 온몸이 너무 아파. 허벅지도 당기고, 어깨도 욱신거려."

"듣자 듣자 하니까. 야, 이년아, 혼자 된 에미 앞에서 그 짓하고 아프다는 말이 나오냐? 내가 누구 때문에 지금껏 이렇게……"

"안 했다니깐. 안 했다고! 내가 아까 했던 말 못 들었어? 엄마는 사람이 아프다는데, 반응이 왜 그래? 내가 왜 아픈지, 어디가 아픈지 관심이 있기는 해? 누가 엄마더러 이렇게 살라고 했어? 내가 엄마한테 그러라고 했냐고!"

나는 튕기듯 일어나 엄마를 쏘아보았다. 의도한 건 아니었는데, 일어나 누워 있는 엄마를 내려다보는 내 시선은 엄마의 음부를 찌르듯 향하고 있었다. 엄마는 그러거나 말거나 눈을 감은 채 미동도 없이 누워 있었다. 피곤해서 온몸의 힘이 빠진 것인지, 이 상황을 피하려고 방어 자세의 의미로 반듯하게 누워 있는 것인지 헷갈릴 정도였다.

엄마는 나를 쳐다보지도 않고 허공에 대고 읊조렸다.

"오늘 못하면 다음에 하면 돼. 인생은 지겹도록 기니까. 이제 잠 좀 자자. 너도 집에 들어가 잘 거 아니면 옷 벗고 편하게 누워서 자. 잠 안 오면 온탕에 한번 들어갔다 오고."

"엄마, 나는 여기서 자는 게 싫어."

양다리를 무방비 상태로 벌린 채 누워 있는, 엄마의 작고 마른 몸을 내려다보며 나지막하게 말했다. 평상 맞은편에 붙어 있는 전신 거울에 엄마의 거무스름한 음부가 정면으로 비쳤다. 나는 거울 속으로 들어가버리고 싶은 충동을 느꼈다.

아무도 없는 대중목욕탕의 새벽 공기는 서늘했고, 황량

했다. 그 쓸쓸한 공기가 마음에 들었다. 나는 쪼그려 앉아 목욕의자와 세숫대야에 낀 물때를 손으로 만져보았다. 어린 시절 이후로 가까이 가지 않았던 목욕침대 위에도 가만히 누워보았다. 등뼈가 아팠던 예전과는 달리 푹신한 재질이었다. 천장에 달려 있는 두개의 봉에 눈길이 갔다. 나는 천천히 일어나 양팔을 길게 뻗어 봉을 잡고 서보았다. 엄마는 이 봉을 잡고 서서 벌거벗은 여자들의 등과 엉덩이, 뒷다리를 야무지게 밟았다. 뜨거운 물에 몸을 불리고 때를 씻어낸 후에도 풀리지 않는 피로 때문에 누군가의 발밑에 깔려야 하는 여자들이 이 목욕침대에 매일 눕는다. 엄마는 천장에 달린 봉을 잡고 그녀들의 몸 위를 걸어 다니며 발끝으로 뭉친 곳을 찾았다. 나는 양팔에 힘을 주고 봉을 잡고 매달려보았다. 발끝에 스치는 공기의 감촉을 느끼며 그네를 타듯 몸을 흔들어보다가 체조 선수처럼 두 다리를 양옆으로 벌려보았다. 벌어진 다리 사이로 들어오는 축축하면서도 시원한 바람이 내 몸을 관통했다. 입가에서 웃음이 비어져 나오면서 팔다리에 힘이 풀렸다.

목욕침대에서 천천히 내려와 물기가 말라 있는 여탕의

돌바닥 위를 거닐었다. 발바닥의 감촉은 건조하고 거칠었지만, 대중탕 특유의 축축한 냄새는 가시지 않았다. 물비린내와 지린내 사이를 파고드는 락스 냄새가 코끝에 맴돌았다. 천천히 욕조 쪽으로 걸어갔다. 일렁이는 청록색 물 위에 비친 내 얼굴은 일그러져 있었다. 수면을 손으로 크게 휘저으며 온탕 속으로 들어갔다. 발끝부터 아랫도리까지 뜨거운 기운이 와 닿았다. 목덜미에는 차가운 기운이 느껴졌다. 이곳에서 나는 오롯이 혼자였다. 누구의 딸도, 대단한 무용가도 아닌 아무것도 아닌 채로 살고 싶다고 생각하다가, 그러기 위해서는 아무것도 생각하지 말아야 한다고, 나는 아무도 없는 욕조 속에서 생각을 지워야 한다는 생각에 잠겨 있었다. 조금씩, 조금씩 몸을 낮추면서 뜨거운 물속으로 몸을 집어넣고 앉았다. 두 가랑이를 넓게 벌려 앉으면서 두 팔을 수면 위로 띄운 채 스르르 눈을 감았다. 온몸을 휘감은 온기 속에서 내 몸의 모든 구멍이 열리고 있었다. 그 안에서 어떤 것이 쏟아져 나올지 나도 알 수 없었다.

세계의 중력과 온탕의 부력 사이에서

이지은

여탕의 에스노그래피(ethnography)*

김유담의 『이완의 자세』는 딸 하나 바라보고 사는 여탕 때밀이 오혜자와 엄마의 기대를 충족할 수 없음을 괴롭게 인정하는 딸 유라(='나')의 이야기다. 오혜자는 눈에 띄는 외모 덕에 뷰티 업계에서 비교적 쉽게 자리를 잡기도

* '사람들(ethnos)'과 '기록(grapho)'이 합쳐진 단어로, 특정 집단 구성원의 삶의 방식과 그들의 문화를 관찰·기록하는 인류학적 연구방법.

했지만, 소위 말하는 '서방 복'이란 게 없는지 유라 아빠를 일찍 여읜 뒤엔 다단계 사기꾼에게 걸려 살림을 거하게 말아먹었다. 당장 거리에 나앉게 생긴 오혜자는 어린 유라를 데리고 선녀 목욕탕의 때밀이가 되었고, 이때부터 모녀는 여탕에 붙들린 채, 동시에 이곳을 벗어나려는 욕망을 동력으로 살아가게 된다. 소설은 여탕 때밀이이자 싱글맘인 오혜자의 고단한 인생서사이자, 엄마의 기대와 '발가벗은' 유년의 기억으로부터 자신을 찾고자 하는 유라의 성장서사이다. 덧붙여 '선녀 목욕탕'이 '24시만수불가마사우나'가 되기까지 이곳에 드나든 여자들의 에스노그래피이기도 하다.

본격적으로 서사에 진입하기 전에 모녀의 삶의 토대이자 인물들의 관계가 형성되는 장소인 '여탕'의 의미를 살펴볼 필요가 있다. 아무것도 걸치지 않은 채 입장하는 대중목욕탕은 평등한 알몸의 장소일 것 같지만 실상은 그렇지 않다. 우선 대중탕을 찾는 여자들의 일상은 개인 욕조에서 느긋하게 목욕을 즐길 수 있는 삶과는 다소 거리가 멀다. 여탕에 '출석 도장'을 찍듯 나타나는 이들은 매일같이 풀어주어야 할 노동의 피로를 몸에 달고 사는 여자들이다. "뜨거운 물에 몸을 불리고 때를 씻어낸 후에도 풀리지 않는 피로 때문에 누군가의 발밑에 깔려야 하는 여자들이 이 목욕침대에 매일 눕는" 것이다.(166면) 다른 한편, 대중탕은 고온다습한 환경에서 몇 시간이나 머물 수 있고 미끄러운 바닥을 민첩하고 요령 있게 걸을 수 있는 건강한 신체만을 허용한다. 동시에 '정상 신체'라는 허구적 개념을 실체화하고, 성별 이분법을 제도화한다.

이처럼 대중목욕탕엔 얼추 비슷한 경제적·신체적 조건을 갖춘 이들이 드나들지만, 그렇다고 해서 여기 모인 사람들의 관계가 평등한 것은 아니다. 여성 신체를 억압하는 미의 기준은 여탕 커뮤니티에서도 발견되는데, 고운 피부와 날씬한 몸매가 여자들 사이에서 선망의 대상이 된다. 또, 다수의 여자들이 생업의 고단함을 자식에 대한 기대로 견디는 탓에 자식의 성적과 명문대 진학은 여자들 사이의 위계를 결정하기도 한다. 여기에 재테크 능력, 경제적인 풍족함, '정상 가정'으로의 편입 여부 등이 더해져 촘촘한 권력관계가 만들어지고, 이는 여자들 사이의 '서열'을 엎치락뒤치락하게 만든다. 가령, 만수 엄마는 목욕탕 안주인으로 꽤나 잘난 척을 하지만, 그녀의 삶은 어렵게 얻은 아들의 인생 격랑에 전적으로 좌우되는 듯하다. 반면, 오혜자는 부러워할 만한 외모와 몸매를 지니고 있는데다 딸을 명문대에 보냈지만 여탕 여자들 사이에선 싱글맘 때밀이에 '불과하다.'

목욕탕은 계급장을 떼고 알몸으로 사람과 사람이 만나는 곳이다. 하지만 이곳에서도 엄연히 서열과 위계가 존재했다. 여탕에서는 피부와 몸매 관리, 재테크, 자식 교육에 능한 여자들의 입김이 세고 서열이 높았다. 예쁘고 날씬한데다 재개발이 예정된 지역의 아파트를 가지고 있고, 자식 대학까지 잘 보낸 엄마를 사람들이 대놓고 무시하기는 어려웠다. 하지만 때밀이 아줌마를 부러워하는 사람은 없었다.(106면)

그런데 여기서 간과하지 말아야 할 점은 구성원들의 관계를 결정짓는 요소가 상대적이고 복합적이라는 것이다.

여탕 커뮤니티에서는 '늘' 소외되기만 하는 여자도 드물고, '늘' 의기양양할 수 있는 여자도 없다. 남편·자식·직업·경제력·건강·미모…… 무엇이든 여자의 삶에 영향을 끼치는 요소들은 구성원들 사이의 비교 우위를 만들어내고, 대화의 주제와 맥락에 따라 권력 관계는 재빨리 재편된다. '서방 복'과 '자식 복'이 교환되기도 하고, 부유한 경제력에서 비롯된 여유로움이 자식 없는 외로움과 플러스마이너스로 셈해지기도 한다. 여탕의 알몸들 사이에도 세속적인 위계는 작동하고 있고, 약삭빠르지만 어딘가 허술한 셈법은 여자들 사이의 분할선을 끊임없이 수정한다. 변덕스러운 분할선을 따라 여자들이 이리저리 헤쳐모이는 가운데 다양한 관계가 형성되고, 가끔은 분할선이 무화되는 일도 벌어진다.

때밀이와 무용수

그렇다면 알몸들의 복잡 미묘한 관계에 가장 예민하게 반응하는 이는 누구일까. 언뜻 여탕의 때밀이인 오혜자라 생각하기 쉽지만, 의외로 그녀에게 몸은 아주 단순하다. 오혜자에게 몸이란 "40킬로든 100킬로든"(81면) 동일한 한 사람분의 요금으로 환원되는 것이다. 이는 "도둑년 돈이든 갈보년 돈이든 (…) 새 돈처럼"(49면) 여기는 것과 같은 이치다. 목욕탕에서 때밀이라는 직업은 은근한 무시의 대상이 되기도 하지만, 이 일을 통해 생계를 유지하고 자식을 교육시킬 수 있다는 점에서는 다른 사람들의 직업과 그리 다르지 않다. '어이, 여탕!'과 같은 무례한 호칭이나 오혜자에게 쏟아지는 온갖 잡다한 불평불만은 분명 부당하고 서러운 일이지만, 다른 한편으로 생업에 수반되는 일반적인 구차함이자 자식 키우는 부모들의 보편적인 고난으로 다른 이들과 공감대를 형성할 수도 있다.

오혜자가 겪는 무시와 하대를 그녀보다 더 착잡하게 받아들이는 이는 유라다. 어린 딸을 부양해야 한다는 생존에의 절박으로 많은 것을 감내하고 살아온 오혜자이지만, 돌이켜보면 그녀 또한 엄마이기 이전에 젊은 여자였다. 그러니 유라가 이제 와 엄마를 원망하는 일은 없겠으나 여탕에서 유년을 보낸 유라의 알몸엔 이태리타월의 붉은 흔적과 엄마의 손찌검 자국이 트라우마로 남아 있다. 오혜자는 프로 때밀이가 되기 위해 밤이면 유라를 파란 목욕침대에 눕혔고, 유라는 "눈을 질끈 감고 어금니를 깨문 채로 추위와 아픔, 그리고 수치와 모멸감을 견뎠다."(29면) 유라를 씻기던 오혜자의 거친 손길에는 딸을 거두겠다는 억척스러운 의지와 방향을 잃은 원망이 섞여 있었고, 그것은 결코 오혜자가 의도했을 리 없지만 유라에게 상처를 남겼다. 이로 인해 유라는 누구의 손길도 자연스럽게 받아낼 수 없는 사람이 된다.

그러니 유라가 무용수로 성공할 수 없었던 것은 어쩌면 예견된 일이다. 유년을 줄곧 여탕에서 보낸 유라의 몸에는 동네 여자들의 시선뿐만 아니라 모녀의 생활이 기입되어 있었고, 상처가 가시지 않은 유라의 몸은 날렵한 무용수가 되기에 너무 무거웠는지 모른다. 더구나 유라가 보고 자란 '몸'은 전통무용극의 주인공 심청처럼 "한치의 망설임도 없이 차디찬 바닷속으로 뛰어"(95면)들 수 있는 무디고 추상적인 것이 아니었다. 여탕의 여자들은 온탕조차 손끝 발끝으로 온도를 확인한 뒤 조심스럽게 들어가야 하는 예민하고 구체적인 몸을 지니고 있었다. 유라에게 몸은 부유하면 부유한 대로, 뜨거우면 뜨거운 대로 보란 듯 드러내고야 마는 적나라한 것이었고, 정기적으로 씻겨주지 않으면 더러워지고야 마는 살덩어리였다.

유라는 여탕에서 체득한 몸의 감각으로부터 벗어나지 못하는데, 오혜자는 여탕이라는 현실의 탈출구로써 무용하는 딸을 욕망한다. 그러나 유라와 오혜자의 결론이 다르다고 해도, '때밀이'라는 노동하는 몸의 반대편에 무용(無用/武勇)하고 아름다운 몸을 두고 있다는 점에는 둘의 의견이 일치한다. 이는 아마 운명을 공유해온 모녀의 공통된 생존 감각일 것이다. 오혜자의 욕망이 강하면 강할수록, 정확히 그 욕망의 간절함만큼 유라가 옮겨가야 하는 두 몸의 세계의 격차는 크다. 때밀이와 무용수. 유라에게 이는 몸의 두가지 사용법이 아니라 두개의 다른 세계이다. 오혜자는 유라에게 여탕의 세계에서 무용수의 세계로 건너가라고 재촉하지만, 얼룩덜룩한 상처를 지니고 있는 유라는 여탕에서 도망가지 못한다.

선을 넘는 여자들

유라의 포기는 자칫 누구도 현실의 구속에서 벗어날 수 없다는 다소 체념적인 메시지로 읽힐지 모르겠다. 김유담은 젠더·계급·지방성 등 권력관계를 만들어내는 다양한 종류의 힘과 그것이 삶에 가하는 복합적인 구속에 예민한 편인데, 그는 삶이 놓인 모순된 자리를 사려 깊게 살피면서도 함부로 어설픈 낙관을 남발하지 않는다. 『이완의 자세』가 우리의 가장 즉물적인 부분인 몸을 다루고 있는 이상, 여기에 새겨진 구속과 분할을 모른 체 어물쩍 넘어갈 수는 없을 것이다. 그러나 작가는 우리의 삶이 권력관계와 통치제도의 굴레 속에서만 흘러가지 않는다는 것 또한 잘 알고 있다. 그는 일상 속에서 차별의 분할선이 변경되는 지점을 놓치지 않고 보여준다.

여탕의 질서를 재편하는 대표적인 인물이 오회장이다. 그녀는 상인번영회 회장을 지내기도 했고, 제법 회장님 같은 카리스마도 있어서 '회장'이라는 호칭으로 불린다. 이는 언뜻 존경의 표현 같지만, 혼자 사는 오회장의 가족관계에 사람들이 불순한 호기심을 던져왔던 것을 생각해보면 여기엔 얼마간의 비아냥도 포함되어 있는 듯하다. 한동안 여탕 출입이 뜸했던 오회장은 어느날 유방암 수술로 한쪽 가슴을 적출한 채 목욕탕에 나타난다. 오회장이 수술 자국을 훤히 드러내고 목욕탕에 출입하자 여탕에는 변화가 생기기 시작했다. "여탕에 유방암 수술을 한 여자들의 출입이 늘기 시작했다."(83면) 그리고 겉으로 병력이 드러나지 않는 자궁 적출 수술, 관절 수술을 경험한 여자들이 "서로의 수술 자국을 보여주며 과거에 얼마나 아팠는지, 지금도 어떻게 아픈지 상세하게 늘어놓"(83면)기 시작했다. 갑자기 환자가 증가한 것은 아닐 테니, 이러한 변화는 몸에 대한 여자들의 인식이 변한 결과라고 할 수 있겠다. 이제 이들에게 질병과 그로 인한 신체의 변형은 누구나 살면서 겪을 수 있는 일이 되었다. 나아가 의외로 많은 여자들이 비슷한 고통을 남몰래 겪어내고 있었다는 것도 확인되었다. 오회장이 가지고 온 변화는 몸에 대한 인식 변화일 뿐 아니라, 그동안 여탕의 여자들이 특정한 모양의 신체만을 '정상'이라고 여기며, 여기서 벗어난 신체에 대하여 부지불식간에 암묵적으로 배제해왔다는 것을 자각하게 하였다.

> 나는 그때서야 여탕이 온갖 사람들이 구별 없이 드나
> 드는 곳처럼 개방되어 있어도 가만히 들여다보면 멀쩡
> 한, 너무도 멀쩡한 몸을 가진 사람들만 자신 있게 벌거
> 벗은 채 걸어 다닐 수 있는 곳이란 게 눈에 보였다.(84면)

물론 이러한 변화가 몸을 둘러싼 규범과 구속을 충분히
제거했다고 말하기는 어렵다. 질병에 대한 연민이나 공감
이 지워진 자리에선 여전히 억압적인 미의 기준이 작동하
고 있을 수도 있다. 그러나 현실의 억압을 한꺼번에 걷어
낼 수는 없다고 하더라도 삶의 구체적인 국면에서는 기존
의 질서를 이탈하는 순간이 생겨난다. 예컨대 자식이 없
어 적적한 오회장은 오혜자를 수양딸 삼고자 했었다. 그
런데 오혜자 쪽에서 보자면 이는 간단한 일이 아니었다.
오회장에 대한 고마움과는 별개로 오고가는 돈을 못 본
체 무턱대고 모녀가 될 수도 없는 노릇이었고, 그렇다고
돈 거래를 그만둘 수도 없었다. 오회장이 목욕탕을 드나

드는 동안 오혜자는 그녀를 줄곧 단골손님으로 대했다. 그러나 오회장이 병세가 악화되어 요양원에서 지내게 되자 오혜자는 먼 길을 찾아가 그녀의 몸을 씻겨준다.

씻고 나온 오회장에게서 만수불가마사우나 여탕에서 쓰는 비누 냄새가 났다. 오회장이 느리게 몸을 일으키면서 엄마에게 돈을 주려고 했다. 엄마는 거절했다.

"됐어요, 어떤 딸이 엄마 목욕 시켜줬다고 돈을 받는대요?"

엄마는 손사래를 치며 웃었다. 엄마가 누군가에게 엄마라고 말하는 모습을 처음 보았다. 엄마는 도리어 병실 앞 복도에서 간병인에게 따로 봉투를 내밀었다. 또 찾아올 테니, 다음 면회까지 엄마를 잘 부탁드린다는 말을 덧붙이면서.(135~136면)

그간 오혜자가 오회장에게 꼬박꼬박 돈을 받았다고 해서 오회장에 대한 고마움을 몰랐던 것이 아니듯, 오회장에게 문병을 가 그녀의 몸을 닦아주었다고 해서 단박에 수양딸이 되는 것도 아닐 테다. 두 사람의 관계는 단골손님이나 이웃이라고 하기엔 좀더 친밀하고, 그렇다고 모녀 관계로 부르기엔 어딘지 낯설고 어색하다. 오혜자는 '선불 원칙'에 누구도 예외를 두지 않을 만큼 돈 계산에 철저하지만, 그럼에도 그녀가 놓인 삶의 조건 속에서 최대한 오회장의 호의에 보답하려 한다. '정상적인 여성 신체'라는 배타적인 기준을 오회장이 심문에 붙였듯, 오혜자는 그간 '요금'으로 환원되었던 세신 행위를 다른 방식으로 수행한다. 이들의 관계가 어떤 말로도 개운하게 설명되지 않는 것은 관계를 규정하는 기존의 질서에서 미세하게나마 벗어나 있기 때문일 것이다.

힘 빼기 연습

이제 여탕의 여자들 중 나름의 삶의 방식을 마련하지 못하고 헤매고 있는 사람은 유라만 남은 듯하다. 그녀는 여탕의 세계로부터 무용수의 세계로 건너갈 수 있을까? 아니면 여탕의 갑갑한 공기에 붙잡혀 질식하고 마는 것일까? 그런데 여기서 곰곰이 따져보아야 할 것이 있다. 유라나 오혜자가 욕망하는 것은 '여탕의 세계–무용수의 세계'라는 분할된 세계의 재편이 아니라, 세계의 구획은 그대로 둔 채 더 나은 쪽에 편입되고자 하는 것이다. 이는 오회장이 몸을 바라보는 시각에 변화를 주고, 오혜자가 단골/이웃/모녀의 선을 조금씩 이탈하며 기존과는 다른 모호한 관계를 만들어냈던 방식과는 다르다. 세계의 질서를 그대로 둔 채, 그리고 세계와 관계 맺는 방식도 바꾸지 못한 채, 단지 좀 더 나은 곳으로 건너가려는 것이다. 만약 유라가 여탕의 현실 너머에 도달할 수 있다면 행복할 수 있을까? 그녀가 이 질문 앞에서 머뭇거리고 있는 것은 이미 답을 알고 있기 때문이다. 유라는 사람들의 부러움을 살 만한 명문 대학에 입학하였으나, 그곳에서도 줄곧 괴로워했다. 더 나은 세계로 건너간다고 해도 그녀의 문제는 해결되지 않았던 것이다. 유라는 무용수가 된다고 하더라도 자신의 괴로움이 끝나지 않을 것임을 알고 있다.

유라는 자세를 교정해주려는 교수의 손길은 물론이고 연인 사이의 친밀한 스킨십도 받아들이지 못한다. 대학 시절 연애를 시도했던 적도 있으나, 연인과 함께 있는 것이 유라에겐 고역이었다. "이상하게 남의 손이 내 신체에 닿으면 온몸에 닭살이 돋을 만큼 경직되었다."(124면) 급기야 유라는 어릴 때부터 속속들이 알고 지냈던 만수와 섹스를 시도하지만 그것마저 실패한다.

만수가 만만해서 같이 자려고 한 것은 아니었다. 그저 누군가의 온기를 느끼고 싶었을 뿐이다. 타인과 타인이, 서로의 몸을 통해 기쁨을 주고 위안을 나눌 수 있다는 서사는 도처에 널렸지만 내 몸과는 너무 멀리 떨어진 이야기였다.(156면)

유라가 직면한 진짜 문제는 "서로의 몸을 통해 기쁨을 주고 위안을 나눌 수 있"는 관계를 형성하지 못하는 데 있다. 자식을 통해 보상받고자 하는 엄마의 욕심으로 인해, 또는 홀로 자식을 키운 엄마에 대한 딸의 부채감으로 인해 모녀가 문제의 본질을 비껴가는 동안 유라의 곤경을 알아본 사람은 무용학원 윤원장이다. "춤이야 때리치아도 되는데 평생 외로블까봐……"(117면) 윤원장이 유라의 문제를 정확하게 포착할 수 있었던 것은 그녀가 모녀 사이의 긴장 관계에서 물러나 있기 때문이기도 하지만, "좁은 동네에서 사람들의 입에 오르내리는 것에 개의치 않고 늘 최선을 다해 연애"하는 "비혼주의자이자 연애 예찬론자"(120면)이기 때문이다. 윤원장은 제도화된 '정상가정'이라든가 혼자 사는 여자에 대한 사람들의 편견 따위를 무시할 수 있을 만큼 자기 인생에서 가장 중요한 것이 무엇인지 아는 사람인 것이다.

소설이 유라의 성장서사가 될 수 있었던 것은 마침내 그녀가 자신의 문제를 정확하게 직시하기 때문이다. 유라는 "한번도 자기 자신을 온전히 가져보지 못한 사람은 자신을 제대로 내어주지도 내려놓지도 못한다고, 나는 나 자신인 채로 살아본 적이 없는 사람"(160면)이라고 인정한다. 유라는 무용수가 되기 위해 오래 노력해왔지만, 그 시간은 "단지 찜질방을 벗어나기 위해 무용을 하던 시절"(145면)의 연장이었는지 모른다. 여탕의 여자들이 경제적·문화적·신체적 권력을 적극적으로 욕망하고 위계를 (재)생산하는 가운데서도 삶의 어느 부분에서만큼은 공고한 분할선을 슬쩍 흐리고 있듯, 유라도 속박된 현실 속에서나마 세계와 관계 맺는 나름의 방식을 익혀야 한다. 이는 유라의 말처럼 '자신을 온전히 가져보는 것'에서 시작할 수 있을 것이다.

반복하지만 여탕엔 '늘' 소외되기만 하는 여자도 드물고, '늘' 의기양양할 수 있는 여자도 없다. 다들 현실에 순응하면서 다른 한편으로는 현실의 논리를 넘어 자기만의 관계 맺기를 수행해나간다. 유라의 앞날은 알 수 없지만, 그녀가 참조할 수 있는 선택지는 여탕에 드나드는 여자들의 삶의 방식만큼이나 많을 것이다. 어쩌면 유라의 이야기는 현실의 구속을 넘어 가뿐한 진공의 세계를 꿈꿔왔던 우리가 참조할 수 있는 또 한명의 여탕 여자의 삶일지도 모르겠다. 유라의 삶에서 자신의 모습이 보인다면, 일단 욕탕에 몸을 담그자. 지상에 발붙이고 사는 우리가 세계의 구속으로부터 벗어날 수는 없겠지만, 온탕의 부력을 빌려 잠시 이완의 자세를 취해볼 수는 있겠다. 가벼워진 사지로 엉거주춤하게 떠 있는 모습은 우스꽝스러울지 모른다. 그러나 온전한 자신의 몸을 살펴보기에 맞춤한 자세일 것만은 확실하다.

조금씩, 조금씩 몸을 낮추면서 뜨거운 물속으로 몸을 집어넣고 앉았다. 두 가랑이를 넓게 벌려 앉으면서 두 팔을 수면 위로 띄운 채 스르르 눈을 감았다. 온몸을 휘감은 온기 속에서 내 몸의 모든 구멍이 열리고 있었다. 그 안에서 어떤 것이 쏟아져 나올지 나도 알 수 없었다.(167면)

李知垠 | 문학평론가

이루지 못한 꿈을 가슴 속 깊이 품고 사는 사람들의 마음에 대해 오랫동안 생각해왔다.

꿈꾸던 것을 이루지 못한 사람들은 남은 삶을 어떻게 이어나가야 할까. 이루지 못한 꿈을 곱씹으며 후회하며 살게 될까, 아니면 또다른 꿈을 꾸면서 새로운 행복을 찾아 나서게 되는 걸까.

그것은 작가가 되고 싶었지만 모든 것이 녹록지 않았던 시절, 내 자신에게 던지는 질문이기도 했다.

영원히 작가가 되지 못한 채 한때의 작가 지망생으로

살게 되는 건 아닐까 하는 두려움이 엄습해올 때면 나는 어지러운 마음을 진정시키기 위해서라도 노트북을 켜고 뭔가를 써내려가야 했다. 그 두려움은 마냥 건강하지만은 않아서, 좋은 소설을 열망하는 마음보다 작가가 되지 못한 나를 미워하는 마음이 앞설 때도 많았다. 이십대 시절 나는 여러가지 이유로 자신을 책망하고 원망하는 일이 잦았는데, 뭔가 일이 뜻대로 되지 않을 때면 모든 것이 망쳐졌다는 생각에 자주 사로잡혔기 때문이다.

지금도 과거의 어떤 순간들을 떠올리면 회한에 잠기지만, 그럼에도 내가 여전히 소설을 쓰고 있다는 것이 감사하고 쓰는 행위 자체에서 큰 위안을 얻는다. 이 소설을 쓰는 동안 특히 그랬다. '유라'와 '만수', 그리고 그들을 둘러싼 사람들의 이야기를 쓰면서 지난날의 나에게 화해를 청하는 기분이었다.

작가가 된 지금, 나는 앞으로도 작가로 살고 싶다는 꿈을 꾼다. 원하는 글을 계속 쓰고, 책을 내며, 작품활동을 이어나가는 삶⋯⋯ 사실 이런 행운을 누리는 작가들이 그리 많지는 않고, 내가 사랑한 몇몇 작가들을 포함해 다수의 작가들이 '한때의 작가'로 남게 된다는 것을 알고 있다. 매번 마감을 할 때마다 이번이 마지막이 될까봐 겁이 나기도 한다. 그렇다고 무턱대고 겁에 질리는 것이 능사는 아닐 것이다. 원하는 무언가로 살지 못하더라도 그 삶이 가치 없는 것은 아니라고, '내가 꿈꿔온 나'가 아니더라도 '충분한 나'로 살 수 있을 거라는 낙관이 어쩌면 더 오래 쓰게 하는 힘이 될지도 모른다는 생각을 하면서, 조금 더 멀리 나아가고 싶다.

계간 『창작과비평』에 발표한 중편소설을 개작해 이렇게 한권의 단행본으로 출간하기까지 많은 분들의 도움이 있었다. 귀한 지면을 마련해주시고, 출간 제안을 해주신 창비 편집부에 감사의 인사를 전한다. 한인선 편집자의 세심한 도움으로 예쁜 책을 만나게 됐다. 기꺼이 해설을 맡아주신 이지은 선생님과, 애정이 담긴 추천사를 보내주신 정지아 선생님께도 고개 숙여 감사드린다.

코로나19 이전의 세계에서 썼던 원고를 코로나 시국에 고쳐 쓰면서 소설 속 상황들이 낯설게 느껴지는 이상한 경험을 했다. 『이완의 자세』에 등장하는 인물들은 아무도 마스크를 쓰지 않은 채 서로 침을 튀기며 대화하고, 한 냄비에 숟가락을 담가 찌개를 나눠먹기도 한다. 그러니까 출간 시점에서 이 소설은 코로나 이전의 삶을, 코로나가 소거된 세계를 그리고 있다는 점에서 명백한 허구로 읽힐지도 모르겠다. 어서 빨리 코로나19가 종식되어서 소설 속 인물들의 삶과 생활이 좀더 현실감 있게 느껴졌으면 하는 바람이다.

2021년 1월

김유담

이완의 자세

초판 1쇄 발행 / 2021년 1월 13일
초판 2쇄 발행 / 2023년 12월 7일

지은이 / 김유담
펴낸이 / 염종선
책임편집 / 한인선 홍진
조판 / 한향림
펴낸곳 / (주)창비
등록 / 1986년 8월 5일 제85호
주소 / 10881 경기도 파주시 회동길 184
전화 / 031-955-3333
팩시밀리 / 영업 031-955-3399 편집 031-955-3400
홈페이지 / www.changbi.com
전자우편 / lit@changbi.com

ⓒ 김유담 2021
ISBN 978-89-364-3835-7 03810